작은 집에서 넓은 사람과 깊은 마음으로

KB081045

20킬로그램의 삶

들어가며

일기나 원고를 끄적일 때는 한 사람을 떠올린다. 막 사랑에 빠지면 주로
애인을 생각한다. 그의 곁에 누워 이야기를 들려주는 모습을 그린다.
가족이거나 친구일 때도 한 사람이라는 사실은 변함이 없다. 무거운
몸으로 곁에 누운 이에게 내가 봤던 풍경을 가벼운 말로 들려준다.
매번, 그들이 마음 편히 잠들기를 바란다.
모르는 사람들이 내가 쓴 것을 읽는다고 의식하는 순간,
끔찍한 기분이 든다. 그럴 때, 침대에 누워있는 두 사람을 상상한다.
한 사람이 "있지, 내가 오늘 어떤 이야기를 하나 읽었는데 들어볼래?"
하며 이 책에 실린 이야기를 읽는다. 서로의 입에서 입으로,
귀에서 귀로, 마음에서 마음으로. 나는 모를 어떤 얼굴들 사이에
이 책이 말없이 놓일 거라 생각하면 마음이 놓인다.

목차

AROUND THE LIVE AND DREAM

20킬로그램의 삶

이런 집에 사는 꿈을 꾼다

나무로 만든 책상, 의자가 하나씩 있다. 집이 좁아 부엌과 거실의 구분이 거의 없고, 책상 위에서 밥을 먹고 일도 한다. 좁고 삐걱거리는 계단을 따라 다락에 올라가면 침대가 있다. 비스듬한 벽엔 좋아하는 사진 한 장이 무심하게 붙어 있다. 주변은 숲이라, 풀이 움직이거나 동물이 지나가는 소리밖에 들리지 않는다.
이곳으로 이사 올 때, 고양이 두 마리가 함께 왔지만 집에 있는 경우는 거의 없다. 이리저리 쏘다니다 편히 자고 싶거나 배가 고플 때만 돌아온다. 쥐도, 새도, 다람쥐도 스스럼없이 오는 통에 가끔 식량 상자에 구멍이 난다. 집 뒤편의 지붕 아래엔 책이 너저분하게 쌓여있다. 침대가 있는 다락에도 몇 권 있지만, 밖의 책을 모두 다락으로 옮기면 그 무게에 집이 무너질지도 모르니 처마 밑에 쌓아둔다.
가끔 손님이 온다. 여럿이 몰려오면 구석에 구겨둔 텐트를 꺼내서 앞마당에 친다. 한 사람씩 오는 날엔 다락에서 살을 비비며 잔다. 무더운 여름에는 책을 쌓아둔 처마 앞의 고른 땅이 침대로 변한다. 두툼한 천을 깔고 그 위에 누워 하늘을 보다 잔다.
요리하기 전엔 텃밭에 나가 먹을 만한 것을 골라오고, 거기에 없을 땐 한 시간쯤 걸어나가 시장에 간다. 장바구니를 들고 아이스크림을 빨며 돌아오다 친구네 집에 들르기도 한다. 과일을 몇 개 나눠주고 다시 집으로 돌아온다. 수다를 떨다가 그 집에서 잠들 때도 적지 않다. 보고 싶다 말해주는 사람도 있고, 어쩌다 소리 없이 오는 사람도 있고, 서툴고 어색한 사람도 서슴없고,

상처가 많은 변태 같은 사람도 있을 수 있고. 너덜너덜하지만 순수한 이도 어쩌다 찾게 되는 그런 곳이다. 이건 자면서 걸으면서 꾸는 꿈에 관한 이야기다.

작은 집에서, 넓은 사람과, 깊은 마음으로

열아홉부터 내 꿈은 '작은 집에서, 넓은 사람과, 깊은 마음으로'였다. 수능을 앞두고 꿈이 무엇이냐 묻는 어른들에게 답하는 건 쉽지 않았고, 대신 꿈꾸는 삶을 상상해봤다.

그렇게 그렸던 풍경을 눌러 담아 만들어낸 한 문장이 '작은 집에서, 넓은 사람과, 깊은 마음으로'다. 수년이 지난 지금도 여전한 꿈이다. 앞의 이야기는 언젠가 '작은 집'에 걸맞은 사진을 발견하고 썼다. 상상하다 보면 변하는 모습이 있어 글을 수정하곤 한다. 전에는 '자전거를 타고 시장에 간다.'였지만, 자전거 사고로 앞니 세 개를 잃은 후엔 '걸어서'로 바뀌었다.
쉽지 않은 꿈이다. 오두막을 지을 만한 숲을 찾을 수 있을지 모르겠고 그런 땅과 집을 지을 돈이 생길지도 모르겠다.
어떻게든 집을 짓는다고 치자. 여름밤에 처마 밑에 이불을 펴고 누우면 모기들이 달려들겠지? 아무도 찾아오지 않고, 주변에 사는 친구는 없을지도 모른다. 하지만 세상에는 이뤄지지 않을 것을 알면서 꾸는 꿈도 있는 것 같다. 그런 식으로 '넓은 사람'과 '깊은 마음'에 대한 상상을 넓히곤 한다. 어떤 마음을 가진 할머니가 되어 있는 내 모습, 지금보다 넓은 침대를 샀을 때 옆에 누워있는 선한 사람……. 그런 것들을 그리다 보면 오늘 해야 할 일을 알아차리기도 한다.

내 전부인 가방을 들어 올리던 손의 감각

다른 나라에서 1년을 머물기 위한 짐을 싼 적이 있다. 그 가방은 '작은 집'에 대한 상상을 더 선명하게 만들어줬다. 한국에서 짐을 쌀 때, 며칠간 가방 앞에서 한숨을 쉬었다. 필요한 것은 꼭 넣되 비행기에 실을 수 있는 20킬로그램을 넘겨선 안 됐다. 몇 번씩 싸고 풀기를 반복하며 겨우 무게를 맞췄다.
한국을 떠난 후에도 가방과의 씨름은 계속되었다. 이사가 잦았고 그때마다 트렁크를 들고 버스나 기차를 타야 했다. 짐을 쌀 때,

가방 밖으로 넘치는 것은 말 그대로 '짐'이 되었다. 팔거나 버리기 일쑤였고 몇 번을 반복한 후에는 물건을 잘 사지 않게 되었다. 아름다운 것을 보아도 고민 끝엔 자연스레 사지 않는 쪽으로 마음이 기울었다. 이사 전날, 트렁크에 가진 것을 모두 넣고 어렵지 않게 지퍼를 잠그는 날엔 묘한 쾌감이 있었다. 내 전부인 가방의 손잡이를 들어 올리던 손의 감각을 잊을 수 없다.

요즘 세상에 꿈이 어딨느냐고 말하던 사람도

한국에 돌아오고 나서도 가방을 들어 올리던 손의 감각을 그리워할 때가 있다. 외국에선 방 하나가 나의 '집'이라 쉬웠는데, 방이 두 개 있는 아파트에 사는 지금은 쉽지 않다. 혼자 사는 것도 아니라 온전히 마음대로 살 수도 없다. 하지만 침실만큼은 그때와 같은 마음으로 꾸리고 있다. 매트리스, 스탠드, 피아노, 기타 외에는 아무것도 놓지 않는다.
그런 식으로 '작은 집'을 꾸릴 연습을 해나간다. 언젠가 가진 옷도 거의 다 버리고 싶다. 계절별로 세 벌 정도씩만 있으면 좋겠고, 신발도 몇 켤레 없길 바란다. 몇 안 되는 가구나 물건을 아끼며 오래 쓰고 싶다. 이런 얘기를 친구들에게 들려주면 가난하게 살고 싶은 것이냐고 묻는데, 그것과는 무관하다. 오래 좋아할 수 있는 것엔 그에 대한 값을 지급해야 하는 것들이 있다. 손이 두툼한 목수가 만든 나무 책상과 의자, 오래 누워도 허리가 편한 침대, 수십 년을 입어도 가치가 변하지 않을 옷……. 사고

버리기를 반복하며 머지않은 내일엔 그런 것만 남기고 싶다. 이런 걸 얘기하자면 밤새도록 얘기할 수 있다. 구체적으로 그려 놓았다기보다는 꿈이라서 그렇다. 걷거나 자면서 꾸는 꿈이라, 상상하며 히죽거리면 한도 끝도 없이 흘러나온다.

얼마 전, 여동생은 서른이 되기 전까지 1억을 모으고 싶다고 했다. 한 친구는 살림을 잘하는 여자가 되고 싶다고 했다. 꿈에 대해 답을 하는 사람들은 눈동자를 허공에 두며 슬쩍 웃곤 한다. "꿈 같은 거 없는데."라고 미간을 찌푸리던 이도 자꾸 캐물으면 숨겨둔 얘기를 꺼낸다. 그 역시 미간의 힘을 풀고 눈동자를 엄한 곳에 두며 웃는다.

나는 아홉 평 건물에 땅이 50평이나 되는 나의 집을 좋아한다.
재목은 쓰지 못하고 흙으로 지은 집이지만 내 집이니까 좋아한다.
화초를 심을 뜰이 있고 집 내놓으라는 말을 아니 들을 터이니
좋다. 내 책들은 언제나 제자리에 있을 수 있고 앞으로 오랫동안
이 집에서 살면 집을 몰라서 놀러 오지 못할 친구는 없을 것이다.
나는 삼일절이나 광복절 아침에는 실크해트를 쓰고 모닝 코트를
입고 싶은 충동을 느낀다. 그러나 그것은 될 수 없는 일이다.
여름이면 베 고의 적삼을 입고 농립을 쓰고 짚신을 신고 산길을
가기 좋아한다. 나는 신발을 좋아한다. 태사신, 이름 쓴 까만
운동화, 깨끗하게 씻어 논 파란 고무신, 흙이 약간 묻은 탄탄히
삼은 짚신, 나의 생활을 구성하는 모든 작고 아름다운 것들을
사랑한다. 고운 얼굴을 욕망 없이 바라다보며, 남의 공적을
부러움 없이 찬양하는 것을 좋아한다. 여러 사람을 좋아하며
아무도 미워하지 아니하며, 몇몇 사람을 끔찍이 사랑하며 살고
싶다. 그리고 나는 점잖게 늙어가고 싶다. 내가 늙고 서영이가
크면 눈 내리는 서울 거리를 같이 걷고 싶다.

/

피천득, 『인연』 중에서

A DAY AT THE AIRPORT

공항에 가기

AM 09:15

마음 한구석에는 창고 같은 방이 있는 것 같다. 외로움, 상처, 우울, 걱정, 실수, 미움, 아픔 같은 것을 쌓아 올리는 곳. 무거운 것들을 채우다 보면 더는 아무것도 넣을 수 없는 때가 온다. 뜬금없이 눈물이 나거나, 잠이 오지 않아 뒤척인다면 비워낼 시간이 왔다는 신호다. 위로받고 싶지만, 그럴 땐 아무도 없다.

그 시간이 찾아오면 나는 나를 위로하기 위해 공항에 간다. 집으로 돌아가다가 걸음을 옮겨 공항철도를 타거나, 새벽에 무작정 나와 공항버스를 타기도 한다. 공항에 간다고 하면 "여행 가?", "누가 떠나?", "아, 누군가 돌아오는구나!"라는 얘기를 들을 것이 빤하므로 말을 아낀다. 말없이 노트와 펜 그리고 묵직한 마음을 들어 가방에 넣는다.

AM 11:20

공항으로 향하는 전철 안, 옆자리 남자들의 대화가 들린다.
"선배, 승객이 없으면 쉬엄쉬엄 비행할 수 있어 좋지 않아요?",
"승객이 없으면 사고 확률이 얼마나 높아지는지 알아?" 후배는
연신 고개를 끄덕이고 그럴수록 선배의 목소리는 더 커진다.
앞에 앉아있는 노인들도 공항에 도착할 때까지 열차에 남아있다.
가방 하나 들지 않은 모습이 공항에 갈 이유가 없어 보이는데
어딜 가는 걸까. 오른쪽 노인은 정치 얘기를 하고 다른 쪽은
듣기만 한다. 고함을 치며 성을 내던 노인은 지쳤는지 숨을
고르며 말을 멈춘다. 얘기가 끝나자 열차 안이 조용해진다.

PM 12:10

공항에 도착하면 주로 4층 파리바게뜨에 간다. 작년만 해도
이곳에는 다른 카페가 있었다. 그곳에 앉아 창밖을 보며
시간을 보냈는데 공사를 하더니 한옥 구조물이 들어섰다.
뭔가 보여주려는 노력은 알겠지만, 솔직히 멋지진 않다.
서까래 아래 'PARIS BAGUETTE'라는 글씨는 아무리 봐도
어색하다. 샌드위치와 커피로 요기하며 밖을 구경한다.
보딩브리지로 비행기와 공항을 연결하는 모습, 형광 조끼를 입고
뛰어다니는 사람, 천천히 움직이는 비행기……. 주변을 둘러보니
모두 아무 말 없이 유리 밖만 보고 있다. 다양한 나이와 국적의
사람들 틈에 열차에서 봤던 두 노인도 보인다.
말이 많던 할아버지도 이곳에선 조용하다.

PM 14:05

햇볕이 잘 드는 자리에 앉아 노트와 펜을 꺼낸다. 심호흡하고
나를 슬프게 한 것을 적어 내린다. '뜻대로 풀리지 않던 일,
오토바이에 묶여 달리고 있던 강아지, 형편없던 말, 동생에게
뱉은 쓸데없는 잔소리, 출근길에 합정역에서 마주치는 눈이
먼 남자, 의도와는 다르게 억울하게 꼬였던 사건, 엄마 그리고
아빠.' 이런 것을 쓰고 있으면 펜을 여러 번 내려놓아야 한다.
눈을 감기도 하고 밖을 보기도 하면서 꼼꼼히 슬픔을 되짚는다.

눈물이 날 만큼 슬픈 일도 있지만, '이런 일을 담아뒀나?' 하고 웃게 되는 일도 있다. 몇 번 펜을 들었다가 내리면 비어있던 종이에 빼곡히 글씨가 채워진다. 보통은 이렇게 적은 후, 버린다. 꼬깃꼬깃 구겨서 눈에 보이는 휴지통에 있는 힘껏 던진다. 공항에 다녀온 후, 다시 같은 슬픔과 마주하게 되더라도 '너는 이미 내가 버린 것'이라고 외면할 땐 거짓말처럼 편해지기도 한다. 오늘은 계획에 없던 일이 생겼다. 슬슬 일어나려고 기지개를 켜는데 누군가 내 어깨를 두드린다. 내가 오기 전부터 뒷자리에 앉아있던 피부가 까만 남자다. 새카만 손가락으로 내 수첩을 짚으며 "What is this?"라고 묻는다. 잠시 고민하다가 "trash."라고 답한다. 남자는 큰 눈을 더 크게 뜬다. 어디서 왔느냐고 물으니 미국에서 왔다기에 종이를 찢어 손에 쥐여준다. 미국에 도착하면 쓰레기통에 버려달라고 부탁하니 손뼉을 치며 웃는다.

PM 15:25

면세점이 보이는 유리창 앞으로 자리를 옮긴다. 창 너머 사람들의 목소리는 들리지 않지만, 표정이나 행동은 분명하게 보인다. 동물원 같다. 유리로 만든 우리에 사람들이 있다. 투명한 우리 안에는 떠나는 사람, 돌아가는 사람이 움직인다. 저 안에 있는 사람들도 나와 비슷한 사람들일까? 이 순간만큼은 아닐지도 모른다. 티켓을 살 용기가 있는 이들만 우리 안에 머물 수 있다. 나는 그저 슬픔을 덜어내고 싶은 구경꾼일 뿐이다. 억지로 출장을 가는 사람도 있겠지, 하며 위로를 해보지만 누가 봐도 대부분은 여행자다. 그래서인지 여기 앉아있으면 울적해지기도 한다. 떠나고 싶어 집으로 돌아가는 길이 아쉬울 때도 잦다. 아쉬움을 삭히지 못하고 그 우리 속으로 들어가는 티켓을 산 적이 몇 번 있다.

PM 16:20

비행기의 이착륙을 가까이서 볼 수 있다는 하늘정원에 가려고 한다. 가는 방법을 몰라 택시를 탔는데 기사 아저씨가 "2만 원"이라고 말한다. 내리려는데 "까짓거 만 원에 가줄게."라며 선심을 쓴다. "9천 원밖에 없어요."라고 말하자 택시는 출발한다. 택시가 선 곳은 아무것도 없는 벌판이다. 아저씨에게 하늘정원이

맞느냐고 여러 차례 물었는데, "내비게이션이 이곳이라고 했어."라는 말만 남기고 떠났다. 길을 따라 걷다 보니 전망대가 보인다. 땅에 있나 별 차이가 없을 것처럼 낮은 전망대인데, 올라서자 공항이 한눈에 들어온다. 비행기가 지나간다. 멀리서 볼 때와는 다르게 카메라 셔터를 한 번 누르면 사라질 정도로 빠르다. 추위도 잊고 비행기를 구경한다. 정신을 차려 주변을 둘러보니 돌아갈 길이 막막해진다. 길로 보이는 곳을 따라 걷고 걸어 겨우 도로를 찾았다. 더 쉬운 방법이 있다는 걸 먼 거리로 돌아온 뒤에야 깨달았지만 억울하진 않았다. 길을 돌아오면서 본 것들이 있었기에.

PM 20:35

다시 익숙한 동네, 매일 걷는 익숙한 길을 따라 집으로 향한다. 비행기를 둘러싼 모습을 구경하고, 스쳐 지나가는 들뜬 사람을 자세히 보고, 내 안에 있는 것을 끄집어내는 하루. 공항에 다녀오면 하루 동안 어디 먼 곳에 다녀온 착각이 든다. 비록 착각일지라도 괜찮은 기분이다. 이런저런 생각에 빠져 걷다 보면 언제나 집 앞에 도착해 있다. '오늘은 푹 잘 수 있겠지.' 그런 마음으로 현관문을 밀어본다.

HEY, TAKE A MONTHLY HOLIDAY!

야, 월차 내고 나랑 놀자!

이 괘씸한 것 같으니라고

평소와 다름없이 출근한 아침이었다. 컴퓨터 앞에 앉아 바탕화면이 열리길 기다리는데 전화벨이 울렸다. '이른 시간부터 누구지.' 하며 휴대폰을 들여다보니 익숙한 여자의 이름이 보였다. 전화를 받자마자 그녀는 큰 소리로 말했다. "야, 27일에 월차 내고 나랑 놀자!" 몰상식한 여자, 아니 내 오랜 친구는 다짜고짜 월차를 내라고 했다. 남자친구가 그날 유학을 떠나는데

도저히 멀쩡한 정신으로 출근할 수 없을 것 같다며 말끝을 흐렸다. 슬픈 사연이 끝나기 무섭게 나는 "그래서! 뭐!"라고 답했다. 욕을 덧붙이고 싶었는데 사무실에 듣는 귀가 많아 참았다. 그놈의 남자친구가 생긴 후로 이 여자는 내게 얼마나 소원했던가. 괘씸하게 인제 와서 내 귀한 월차를 자신에게 써

달라니! 나는 결국 알았다고 대답했다. 몇 년 전, 남자친구와 헤어지고 큰 소리로 울며 우리 집 대문을 두드리던 그녀의 얼굴이 떠올랐기 때문이다. 그래. 그 못생긴 얼굴을 또 보느니 하루 신나게 놀아보자.

하루짜리 서울 여행

말은 모질게 했지만, 친구와 놀 궁리를 하는 건 늘 즐겁다. 처음에는 서울 밖으로 여행을 떠나려고 했다. 근교의 괜찮은 곳을 물색하다 동해까지 범위가 넓어졌을 때, 그제야 우리에게 주어진 시간이 '하루'라는 것이 생각났다. 다음 날에는 아무 일도 없었다는 듯이 출근해야 하는데, 피로를 감당할 자신이 없었다. 인터넷을 뒤지다가 문득 '북촌을 여행해보면 어떨까.' 하는 생각이 들었다. 북촌에는 서울을 잊게 하는 장소가 몇 있다. 그곳에서 친구를 즐겁게 해주고 저녁엔 게스트하우스에서 잠을 자는 것이다. 저녁을 먹고 헤어질까, 싶었는데 그럴 순 없었다. 실연이나 이별이 닥치면 밤이 힘들다는 걸 잘 알고 있다. 낮엔 회사도 가고 학교도 가고 사람들도 만나지만, 잠도 오지 않는 끝없는 밤이 사람을 미치게 하지. 많이 걷고 지친 몸에 맥주도 넣어주고 푹 자야겠다고 생각했다. 또 몇 년 전처럼 밤새도록 울면 중간에 베개를 집어 던지겠다는 각오도 다졌다.

우리에게 가장 재미있는 이야기

안국역에서 친구를 만났다. 눈이 부어 있었는데 울었느냐고 물으면 또 울 것 같아서 모른 척 앞장서서 걸었다. 뒤따라 오던 친구는 달려와 팔짱을 꼈다. "아니, 이게 누구야. 배신의

여왕 아니세요?", "아, 네. 제가 그 유명한 배신의 여왕입니다. 오랜만이네요."라고 넉살 좋게 웃는 친구. 벚꽃이 핀 정독 도서관에 앉아서 얘기를 시작했다. 그녀가 슬픈 표정을 지으면 나는 수시로 말을 걸었다. 우리에게 가장 재미있는 이야기는 '과거'다. 그녀와 내가 만난 지 16년째라, 한번 시작된 과거 이야기는 끝나는 법이 없다. 지겹게 반복한 얘기도 할 때마다 단물이 계속 나온다. 다만, 한때는 생생하게 말할 수 있던 것들이 이젠 어느 정도의 간격을 두고 기억나곤 한다.

삼청동이 변했지

삼청동길이라고 말하는 도로를 따라 걷다 보면 가게가 끊어지는 곳이 나온다. 오래전, '우리 한번 끝까지 가보자.'며 인적 드문 길을 걷다가 삼청공원을 발견했다. 그곳에 가면, 어릴 때 다니던 약수터가 떠오르기도 하고 우리가 숨어 들어가던 동산이 생각나기도 한다. 계곡이라 부르기에 민망한 시냇물이 흐르기도 하는데 그런 풍경은 마음을 늘어지게 한다. 그렇게 앉아있다 보면 우리가 늙어 이 자리에 왔을 때도 이 모습이 여전히 자리를 지켜주길 바라는 마음이 든다. 하지만 50년 전쯤, 삼청동을 좋아하던 사람의 심정은 어땠을까. 내가 처음 삼청동을 만나 좋아하던 10년 전쯤에도 그들은 지금의 우리와 비슷한 마음을 가졌을 거다. 100년 전에 살던 사람은 어땠을까. 홍대가 변하고, 서촌이 변하고 많은 동네가 변하고 있다. 그때 생기는 서운함은

우리가 그걸 처음 만난 지점에서 시작된다는 사실에 생각이 많아진다.

> 부모님과 함께 온 어린 소녀는 문으로 들어서다가 뭔가를 보고는 깜짝 놀란 목소리로 말했다. "옛날에는 이렇지 않았는데!" 과거, 그러니까 옛날이 지금보다 나은 이유는 지금보다 뭔가 하나 더 있기 때문이다. '추억'이라는 것. 여기에는 모든 것이 지금과 아주 달랐을 때 자기도 그걸 경험했다는 기억도 포함된다.
>
> 노화 현상 중 하나다. 앞에서 말한 어린 소녀도 겪는 노화 현상. 이 현상은 얼마나 일찍 시작되는가. 그리고 우리는 어린 소녀도 나이가 있다는 걸 얼마나 쉽게 잊고 사는가.
>
> /
>
> 페터 빅셀, 『나는 시간이 아주 많은 어른이 되고 싶었다』 중에서

한옥에서의 하룻밤

긴 산책을 끝내고 광화문으로 내려가 영화까지 한 편 봤더니 밤이 깊었다. 예약해둔 한옥 게스트하우스로 향했다. 도톰한 목화솜 이불 위에 누워 창호지가 발린 문을 보고 있으니 묘한 기분이 들었다. 외국인 커플이 옆방에서 작게 나누는 얘기가 어렴풋이 들렸기에 자연스레 우리도 낮고 작은 목소리로 속삭이듯 대화했다. 많이 걷고 웃은 하루라 수다도 잠시였고 피로가 몰려왔다. “오늘 하루, 안 울고 잘 보냈네.” 친구는 그런 말을 하며 잠들었다. ‘다행이네.’라고 생각한 것 같은데 입으로 뱉기 전에 잠들어버렸다.

출근하자

단잠을 깨운 것은 알람 소리가 아니라 빛이었다. 창호지를 뚫고 은은한 빛이 들어왔다. 알람이 울릴 때까지 누워서 그 빛을 봤다. 얼마나 시간이 지났을까. 매일 듣는 익숙한 알람 소리가 울렸고, 친구는 "출근하자!"라고 외쳤다. 분주하게 출근 준비를 했고 친구는 지하철, 나는 버스를 타고 헤어졌다. 어제의 시간을 되짚으며 웃다가, 그동안 잘 지내지 못했다는 것을 알아버렸다. 밥도 잘 먹고 회사도 잘 다니고 잠도 잘 잤지만, 무엇인가 빠져있었다. 그걸 알아차리는 순간 어김없이 행복한 기분이 든다. 지금 말하는 이 행복이 가물거리거나 감 잡히지 않는다면, 전화기를 들고 친구에게 연락해보는 건 어떨까.
"야, 월차 내고 나랑 놀자!"

JS88 進学アプリ

SANDWICH FOR DOGS

개를 위한 샌드위치

우도에는 개가 많아

선배와 저녁을 먹고 있었다. "우도 가봤다고 했죠. 이번 주말에 갈까 하는데, 우도 어때요?" 답은 뜬금없었다. "우도에는, 개가 많아." 웃어넘기려는데 선배의 표정이 사뭇 진지했다. 우리는 튀김을 먹다 말고 개가 많은 우도에서 할 수 있는 일을 궁리하기

시작했다. "혹시 『개를 위한 스테이크』라는 책 봤어? 내용과 상관없이 제목만 빌려 '개를 위한 무언가'를 해보면 어떨까? 예를 들어 '개를 위한 샌드위치'라던가." 그렇게 시작된 작당은 현실이 되었다. 시골 개가 먹어보지 못한 맛있는 샌드위치를 만들어 선물하기로 했다.

개 사료를 먹는 아가씨

제주의 한 게스트하우스, 조식을 먹으며 개를 위한 샌드위치를 만들었다. 수프를 한 입 먹고 빵을 꺼내고, 커피를 한 모금 마시고 통조림을 뜯었다. 사장님은 그런 내 모습을 몇 번이나 쳐다봤다.

개 사료를 늘어놓고 샌드위치를 싸는 내 모습이 그리 아름답진 않았겠지. 궁금해하는 눈빛이 재미있어 말을 미루다가 끝내 아무 말도 하지 못했다. 사장님도 눈치만 보다 결국 아무것도 묻지 못한 것 같다. 배를 타고 우도로 향하다 그의 표정이 생각나 웃음이 터졌다. '책이 나오면 한 권 보내 드릴까?' 생각하다 관뒀다. "우리 집에 묵은 한 아가씨는 개 사료로 샌드위치를 싸서 나가더라고요."라고 다른 사람들에게 말할 모습을 상상하니, 알리지 않는 쪽이 모두에게 즐거울 것 같다.

담 너머를 잘 들여다보면

우도를 걷다 보면 심심찮게 무너진 돌담을 발견할 수 있었고 담 너머에는 개가 있었다. 볕이 잘 드는 담벼락에 앉아 쉬고 있는 우도의 개들. 불쑥 고개를 내밀어 놀라는 눈치였지만, 개들은 이내 꼬리를 흔들며 다가왔다. 가방을 내리고 준비한 샌드위치를 접시에 예쁘게 담았다. '그렇게까지 할 필요가 있을까.' 싶지만, 좋아하는 사람에게 저녁을 대접하는 마음으로 주고 싶었다. 보기 좋은 떡이 먹는 이를 더 기분 좋게 하지 않던가. 개들은 샌드위치를 내려놓자마자 분주하게 먹었고 준비해간 접시는 곧 쓰레기가 되었다. '도대체 개들이 어떻게 먹어주길 바란 거야?' 웃음이 나왔다. 끝까지 정성껏 강아지용 쿠키와 샌드위치를 담았다. 개들은 접시까지 먹어 치울 기세였기에 다 먹는 걸 지켜보고 접시는 잽싸게 빼 와야 했다.

어른보다는 아이일 때가 예뻐

횟집 앞에서 두 마리의 강아지를 발견했다. 배낭에서 샌드위치를 꺼내다 가게 안쪽에서 회를 치던 아저씨와 눈이 마주쳤다. 무섭게 생긴 분이었다. 자초지종을 설명하고 샌드위치를 줘도 되겠냐고 물으니 그는 겁먹은 게 민망해질 정도로 해맑게 웃었다. "그럼! 아이고 우리 새끼들 호강하네. 매일 생선 찌꺼기 같은 것만 먹다가 육지 개들이 먹는 고급 음식도 먹어보고." 강아지 두 마리는 처음 먹어보는 음식을 부지런히 먹어줬다. 부엌에서 일하던 아저씨는 어느새 옆에 와 있었다. 그는 강아지에게는 좀 큰 샌드위치를 손으로 부쉈다. 작게 덜어내 강아지에게 떠먹여 주는 모습을 가만히 지켜봤다. 강아지를 바라보는 아저씨의 얼굴은 회를 치던 얼굴과 달랐다. 그땐 무심결에 지나쳤지만, 그의 표정이 오래 남아있다. 아저씨를 보며 자란 강아지는 개가 되어 이런 얘길 하지 않을까. "인간은 아이가 자라 어른이 되는데, 어른보다는 아이가 더 기억에 남아. 어른이 되면 대개는 생김새뿐만 아니라 마음도 조금 못나지는 것 같더라고. 신기한 건 그런 어른들도 어린 것들을 보면 아이처럼 웃게 되는 순간이 있다는 거야."

너를 위한 샌드위치

숙소 근처를 산책하다 해녀가 지나가는 걸 봤다. 이제 막

바다에서 나왔는지 물이 뚝뚝 떨어지고 있었다. '말 한번 걸어보고 싶다.'라고 생각했는데 망설이다 놓치고 말았다. 게스트하우스에서 마주친 사람들도 그렇다. 제주에 머무는 내내 몇 번 그런 일을 반복했다. 개를 제외하곤 누구에게도 먼저 다가가지 못했다. 꼭 누군가에게 다가갈 필요는 없지만, 그래서 더 행복해지는 순간도 있지 않을까. 그때 해녀 할머니에게 말을 걸었으면 이런저런 얘기를 나누다 문어를 선물 받았을지도 모른다. 어느 낮은 돌담 안에 함께 들어가 밥을 먹으며 이야기를 나누는 상상도 해본다. 놀이터에서 소꿉장난할 때, 모래로 만든 샌드위치를 모르는 친구에게 서슴없이 내밀던 용기는 어디로 사라졌을까. 다음에는 조금 다른 샌드위치를 만들어보고 싶다. 해녀를 위한 샌드위치, 경비아저씨를 위한 샌드위치, 옆집 여자를 위한 샌드위치, 세탁소 아줌마를 위한 샌드위치…….
누구든 샌드위치 하나쯤은 맛있게 먹어주지 않을까.

WHAT TIME DOES THE NEXT TRAIN ARRIVE?

기다릴 것은 아무것도 없었지만

시간이 맞물리지 않던 간이역, 화랑대역

학교 근처엔 '화랑대'라는 이름의 간이역이 있었다. 강의가 없는 시간, 심심하거나 편히 낮잠을 자고 싶어지면 건널목을 건너 화랑대역을 찾았다. 사람들이 이용하지 않아 간이역이 되었음을 증명하듯 혼자 있어도 아무도 오지 않을 때가 많았다. 역 안의 버려진 소파나 벤치에서 낮잠을 자다 깨어나면, 꿈과 현실

사이를 서서히 걸어 나오는 느낌이 들곤 했다. 침대에선 얻을 수 없는 기분이다. 가끔은 누워서 나무 흉내를 내기도 했다. 흉내랄 것까진 없고 알 수 없는 벌레가 기어 올라오면 나무처럼 가만히 눈을 감았다. 딱히 곤충을 좋아하던 것은 아니었지만, 거기선 그런 행동이 자연스러웠다.
오랜만에 그곳이 생각나 찾아가려던 중에 '화랑대역은 공사

구둔역
九屯駅
Kudun Station

중'이란 기사를 읽게 되었다. 찾아가 보니 공사가 한창이었다. 어쩐지 주인 있는 집에 몰래 들어가는 것 같아 조심스럽게 역 안으로 들어가려는데, 굴착기 안에서 아저씨가 고개를 내밀었다. "아가씬 뭔 일이여?", "예전에 종종 오던 곳이라 한번 와봤어요. 공사 중이라 아쉽네요." 아저씨는 "그런 사람들 종종 오곤 하지." 하며 웃었다. 비밀장소라고 여기던 건 아무래도 착각이었나 보다. 서로 머무는 시간이 맞물리지 않아 마주치진 못했지만, 이곳을 좋아하던 사람이 어딘가에 있는 거겠지. 아쉬움이 든든하다.

모든 게 엉망이 되어버린 폐역, 구둔역

화랑대역이 생각나 폐역에 대해 찾아보던 중 '구둔역'을 발견했다. 귀여운 몇 사진에 끌려 찾아가려 했으나 차가 없이 구둔역으로 바로 가는 방법은 없었다. 근처 '일신역'으로 가서 걷고 걸어 겨우 구둔역을 찾아갔다. 사진을 찍으려고 카메라를 꺼냈는데 셔터가 눌리지 않았다. 설마, 하는 마음으로 확인해보니 건전지가 없었다. 가게가 없는 마을임을 알게 된 건 한 시간쯤 헤맨 후였다. 마을 어귀에서 만난 할머니들로부터 "여긴 슈퍼가 없지."라는 답을 듣고 버스 정류장에 앉았다. 큰 마을로 나갈 버스마저 오지 않자 건전지 사길 포기하고 구둔역으로 돌아왔다. "기사 때문에 사진을 꼭 찍어야 하는데, 어쩌지." 모처럼 따라와 준 친구의 등은 땀으로 젖어 있었고, 난 입을 벌리고 멍하니 서 있었다. 휴대폰을 꺼내 들었다. 볼품없는 휴대폰 카메라를 들고

급하게 역 곳곳을 찍어댔다. 풍경을 허겁지겁 담았다. 서울로 당장 돌아가고 싶어 일신역으로 갔지만, 서울행 열차는 네 시간 후에나 있었다. '될 대로 되라.' 하는 마음으로 일신역 평상에 누워버렸다. 바쁘게 걸어 다니며 '이놈의 시골은 참 덥구나!' 생각했는데, 가만히 있으니 주변의 바람이 느껴졌다. 잠이 쏟아지려던 찰나, 자동차가 들어왔고 아저씨 두 명이 내렸다. "평상 좀 나눠 씁시다."라는 말을 하고 옆에 앉더니 둘은 대화를 시작했다. 할 일도 없고 잠도 이미 달아났기에 아저씨들의 얘기를 엿들었다. 이 동네에서 자란 친구 같았다. "네 시 기차가 있었을 텐데? 없어졌나? 버스는 몇 시지?" 하는 소리만 계속했다. 우리는 기차가 여섯 시에 있다고 알려주었다. "아이고, 아직 멀었네. 시간도 많은데 그냥 세 시간 기다리지 뭐. 자네는 집에 들어가 봐. 이럴 줄 알았으면 소주나 한 병 갖고 올 걸 그랬네." 몸을 일으켜 수다스러운 아저씨들의 얼굴을 확인했고, 그제야 오늘 본 것들이 하나둘 떠올랐다. 구둔역 주차장에는 몇 대의 차가 세워져 있었다. 그중 한 대에는 방금 만난 아저씨들이 좌석을 젖혀놓고 누워 얘기 중이었다. 주차장을 지나자 캠핑카가 보였고 안에선 할머니가 텔레비전을 보고 있었다. 역 안으로

들어서자 책을 보던 아주머니와 눈이 마주쳤다. 반대편 벽에는 흑백 사진 한 장이 있었다. 이 역의 마지막 역장으로 보이는 남자의 사진. 기억을 촘촘히 좁혀보니, 작은 폐역 안에 여러 사람의 시간이 동시에 흐르고 있었다. 얼마 전에 엄마가 한 얘기가 환청처럼 들려왔다. "나이 먹고 너희도 다 키워놓으니 나에겐 남은 게 별로 없는 기분이야. 쓸모가 없어진 거지. 아무도 찾지 않는 섬처럼." 역 안에 머물던 사람들, 어딘지 모르게 엄마와 비슷한 표정을 짓고 있었다. '아무도 찾지 않는'이란 말은 모르는 사람들의 얘기인지 모른다. 기차를 타기 위한 사람들은 드나들지 않지만, 분명 그 역에는 사람들이 머무르고 있었다.

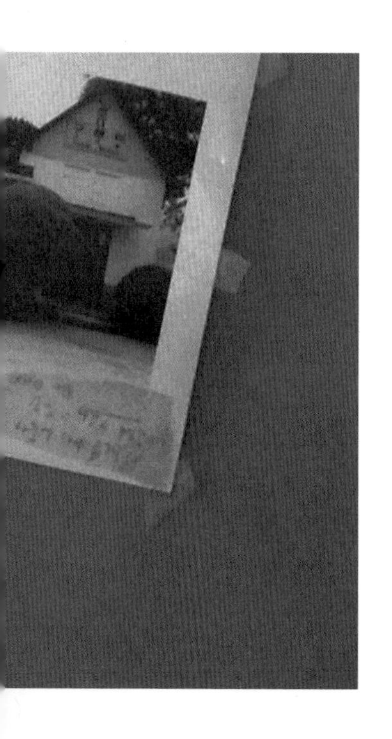

그들은 언젠가 사라질 수 있겠지만, 그렇지 않을 수도 있을 것 같다. 엄마가 보고 싶어졌다. "추석 연휴에 내려오니?"라는 질문에 "바빠서 못 갈 것 같으니까 기다리지 마요."라고 답한 것이 체기처럼 마음에 얹혀있던 참이었다. 멍하니 누워서 시작하던 생각이 멀리까지 와버렸다. 수많은 생각을 이어 시간을 늘렸는데도, 기차가 올 시간은 다가오지 않았다. 영영 오지 않을 기차를 기다리는 마음으로 다음 기차가 오기만을 기다리고 있었다.

THE BOOK WHICH I BORROWED

AROUND
NYLON
BRUTUS
PEOPLE 2012
ALL ABOUT CATS
GRAPHIC
BOOK DESIGN ISSUE VOL 2

813.32촌51의 비밀

노르웨이 숲의 마지막 장

무라카미 하루키의 『노르웨이의 숲』 최신판을 빌리기 위해 도서관에 들렀다. 예상했지만 새로 나온 책은 모두 대출 중이었다. 아쉬운 마음으로 대기자 예약을 해놓으려다, 1988년에 나온 『노르웨이의 숲』을 발견하게 되었다. 빈손으로 돌아가기 아쉬워 청구기호를 손등에 옮겨 적었다. '813.32촌51' 책은 더러웠다. 종이는 누렇게 변색했고, 책장을 넘기다 보면 심심찮게

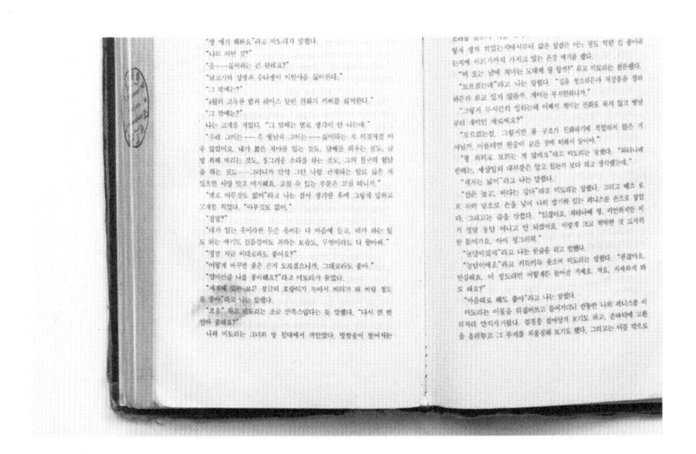

코딱지 자국도 보였다. 글자가 움직여 자세히 들여다보면 먼지다듬이(책벌레)가 기어 다니기도 했다. 이야기가 끝나갈 무렵엔 책 한쪽에 입술 도장이 보였다. 남녀의 달콤한 대화가 나오는 부분이었다. '이 사람 낭만적이네.' 그때부터 이상했다. 묘한 기분으로 마지막 장을 열었고, 나도 모르게 "와!" 하고 소리 질렀다. 마지막 페이지엔 낙서가 가득했다. 여러 사람이 감상을

정확하게 ...
이 책 속에서 그 이상
않은 사람들의 흔적을 발견했다.
말로 다 표현하지는 못했지만
그들도 아마 이 책 속에서 나와 같은
고독함을 느꼈겠지.
2011.4.14 역시 중간고사기간 ↓
2021년에 누군가
또 한번 기록해 주길.

~때' 와 같은 책임에도
관함이 들어가는 이유는 뭘까?
~ 구해 읽었지만 오늘의 기분은 뭐랄까~"
~ 스물 둘이 되었지만,
스물 둘이 되었을 때는 달라져 있을거다
분명히. 아주 많이.
그 때도 지금의 기분을 기억할 수 있을까?
2002/10.23. 중간고사 기간에...

처음에는 지하철에서 시간죽이려고
가볍게 시작한 책인데, 어느새 책의 글자들을
하나하나 똑같이 새기고 있었다.
무사, 이 글따라는 울적함을 쓰시는 이 책은..
22, 일본식으로 치면 와타나베와 같은 나이 20.
계절도 우연히 나오코가 불완전한 인간을 벗어나던 여름과 같다.
홀로 궁상떠는 일이 많은 나에게 <고독스러움>이
왜 이렇게 와닿는지.. 정말 난 지금 어디에 있는가..
어디를 향해 가고 있는가..
2003, 7, 15, 좀 길바닥에 쭈그리고 앉아..

도서관에서 빌려다 읽는 책은
너덜거림이 정겹다
내가 읽는 이 문장을
누군가가 읽었다는 생각으로도
마음이 따뜻해지니까.

당신이 누군지는 모르지만~~
그리워 지네요~~

이 책을 읽는 4일동안
이 책에 이끌렸다.
나의 현실과는 멀었지만도 꼭 나의 이야기
같았고... 책 읽기를 썩 좋아하지 않았던
나에게도 책 읽는 즐거움을 준 고마운 이야기
끝까지 보았다.
다시 읽어볼까나...
2006.9.1

~을 3일에 걸쳐 이 책을 다 읽었다. 스무살. 그렇다 지금 내 나이는
다 좋을 줄만 알았던 이상적인 나이라는 건 누군가가 했던 말인가? 쭉....
사랑에 대한 이야기를 많이 말하고 있는 것 같지만 왜 난
서 더 정감을 느끼는 것인지... 아직 난 사랑이란걸 한 번도
될까.. (초등학교 시절의 그런걸 제외하고선 ^^;)
학을 간다. 동경은 아니지만 일본이라는 나라로. 더욱 고독해 질 지도 모르겠다.
하지만 나랑 비슷한 생각을 가진 사람을 만나기란 역시 쉬운일은 아닐 거 같다.
독방 생활에서도 조금은 알게 된 사실들이다..
앞으로는 참 달라질 것이다. 하지만 허무하지 않게 내 나름대로 노력
사람을 포함한 모든 면에서.... 아직 나도 뭘 잘하고 어디 있는지 조차 모르지만...

떠올리고 말겠어요
반드시 ㅋㅋㅋ...

'13. 7. 20

상처. 사랑. 의무. 책임

이 모든 것들의 무게를

다시금 느끼다.

세상의 모든 아픔이들이

이 책을 통해 치유되길.

Seol

이 소설의 유명세 때문인지 아니면

재미있는(?) 소설이기 때문에 이런 줄을

아무튼 어떤건진 몰라도, 나도 똑같은

하고 있다.

이 소설을 읽을때는 일본의 Rock그룹 'MR.CHILDRE

베스트 앨범을 들으면서 읽었다. 비틀즈의 노래를 들으며

읽은건 아니지만 어울리는 쌍이라고 생각한다.

그리고 미도리색깔 펜으로 이곳을 쓴다.

나의 나오코에게

나는 아무 도움도 되어 주지 못했다.

우리는 그렇게 각자의 무게를 짊어

지고 살아야 하는 운명을 타고 난

게인가.

09. 3. 5

하루동안 시간가는 줄 모르고 책을 읽었다. 휴!

그 전에도 하루키의 책을 여러권 읽어보았지만

이 책은 [illegible] 여운이 더 남는듯 하다.

내 나이 19세... 아직 스무살도 아닌 나이지만

뭔가... 방황, 고독, 고민 같은 점이 주인공과의

공감대를 형성하도록(?) 내가 무슨 짓을 하고 있는 거지?

하지만 이 책을 감동 깊게 본 것은 이 책속에

적혀있는 다른 사람들의 감상평 때문에

더 그런가 보다. 이 책을 읽다보고 잠시

[illegible]의 '노르웨이의 숲'을 들어보기도 했다.

을 읽는동안 들리던 [illegible] 곡이, 박데리가 닳아

player가 꺼져서 나오지 않았음에도

난 느끼지 못했다 ㅋㅋㅋ

가 가장 이 책을 늦게 읽고있다 "200

몇년 뒤 이 책을 다시 빌리기

이 책을 빌려읽는

만날 수 있

적어놓았는데, 날짜가 놀라웠다. 1980년대에서 90년대를 거쳐 2000년대 것도 보였다. 누군가 내게 쓴 편지를 읽듯 하나씩 읽었다. 목소리나 얼굴이 없는 메시지라 인터넷에서 보던 댓글과 비슷한 느낌이었지만, 달랐다. 글자 모양과 색이 모두 달랐으나 누군가를 해치려는 의도는 보이지 않았다. '오래된 코딱지의 주인이 쓴 것도 있으려나?'라고 생각하자 코끝이 간지러웠다.

엄연히 범죄라고 그건

고등학교 때, 학교 도서관 책에 비슷한 짓을 한 적이 있다. 책 한 권을 읽고 여운을 주체하지 못해 표지 안쪽에 글을 써서 반납했다. 사서 언니는 귀신같이 발견했고 나를 찾아와 "선아야, 이건 엄연한 범죄야. 다 같이 보는 책에 이게 무슨 짓이니."라며 한심하다는 표정을 지었다. 창피했다. 죄를 저지른 것보다는 낙서의 내용을 누군가 읽었고 글쓴이가 나임을 들켰다는 사실이. 영화 속에서도 비슷한 '죄'를 저지르는 사람들이 있다. 〈봄날의 곰을 좋아하세요?〉에서 여주인공은 도서관 책에 쓰인 연애편지를 받게 된다. '다음 책의 청구기호는 OOO입니다.' 식의 메시지가 이어지고 여자는 떨리는 마음으로 다음 책을 빌린다. 편지를 쓴 사람을 궁금해하며 설레는 시간을 보내지만, 행복한 상상은 영화 중간에 호되게 깨진다. 여자는 편지를 쓴 상대를 사서(역할이 윤종신이라 재미가 두 배다)로 오해한다.

"저기요. 왜 저한테 메모를 보내신 거예요?"

"메모라뇨?"

"도서관 책에 쓴 그 메모, 사서 선생님이 쓰신 거 아니예요?"

"도서관 책에 낙서를요? 누굽니까? 그런 몰상식할 짓을 하는 사람이? 도서관 책은요. 공공재산이에요. 공공재산. 아니, 어떻게 책에다 낙서를 해요?"

/

〈봄날의 곰을 좋아하세요?〉 중에서

여러모로 부끄러운 장면이다. 비슷한 이야기가 〈그 남자의 책 198쪽〉이라는 영화에서도 나온다. 한 남자는 죽은 여자친구가 어느 책의 198쪽에 편지를 남겼다는 사실을 알고 매일 도서관에 간다. 어떤 책인지 몰라 무조건 198쪽을 찢는다. 자신에게 전하는 메시지가 거기에 있다는 걸 굳게 믿고. 어느 날, 사서에게 걸리고 얻어맞는다.

"이게 죄송해서 될 일이에요? 이거 다 어떻게 하실 거예요?"

"물어드리면 되잖아요. 아니 그리고 아까부터 자꾸 죄인 취급하시는데."

"아저씨, 죄지은 거예요. 이건 분명 지적자산을 파괴하는 비양심적인 행위라고요. 도서 무단절취. 명백한 범죄야!"

/

〈그 남자의 책 198쪽〉 중에서

영화 속 낭만을 위한 장치란 걸 알지만, 저렇게 말해야 하는 사서의 심정을 잘 안다. 대학 때, 도서관에서 일한 적이 있다. 전공서적을 빌려 필기하거나 시험공부를 하고 반납하는 사람들이 있었다. 종일 지우개로 연필 자국을 지우며 이름 모를 사람을 원망한 기억이 난다. 사서는 책을 훼손 없이 보존할 방법을 모색한다. 실내 온도나 빛의 강도, 들어오는 방향 같은 세세한 것까지도. 순수한 마음으로 저지른 귀여운 장난이라도 범죄는 범죄다. 감옥에 갈 일까진 아닌지 몰라도, 사서는 어딘가에서 범인을 감옥에 넣고 싶을지 모를 일이다.

어떻게든 책 사이에

친구는 가끔 도서관 책에 쪽지나 일기 한 페이지를 숨겨놓는다고 했다. 책은 훼손되지 않지만, 누군가 책 안에서 뜻밖의 선물을 받을 거라고 생각하면 행복해진다는 것이다. 사서 선생님의 정신 건강을 위하고 범법행위를 저지르고 싶지 않다면, 비슷한 시도를 해볼 수 있겠다.
말려놓은 꽃을 껴놓는다거나(싱싱한 꽃을 넣어두면, 꽃이 머금은 수분 때문에 책이 운다. 만약 시도하고 싶다면 꼭 자신의 책에서 말린 꽃을 사용해야 한다.), 예쁜 책갈피를 메모와 함께 끼워둘 수도 있겠다. 눈치챘겠지만, 어떤 방법이든 책 사이에 뭔가 남기려는 시도는 유치하고 촌스럽다. 하지만 내가 '813.32촌51'의 마지막 장에서 느낀 기분은 아무래도 요즘의 것들에선 찾기 어렵지 않을까. 휴대폰으로 기사를 읽고, 거기에 수천 명의 사람이 '좋아요'를 누른 '베스트 댓글'을 찾아 읽는 것도 재미있지만 느낌이 조금 다르다.

묵직한 책을 빌리러 도서관에 가야 하고, 시간을 들여 한 장씩 종이를 넘겨야 하고, 그렇게 책을 읽고 난 후의 벅참이 있어야 하니까. 틈날 때마다 도서관 책 끝자락에 인화한 사진을 끼워둘 생각이다. 언젠가, 어디선가 그런 걸 발견하는 사람이 있다면, 아마 '좋아요.' 하고 웃지 않을까.

THE PLACE REAWAKENED OUR MEMORIES

그곳의 공기

그런 장소 하나쯤은 다 있지

친구들과의 메신저 채팅방은 난장판이다. 며칠 전에는 "좋아하는 사람이 생기면 함께 가고 싶은 장소 있어?"라는 질문이 물의를 일으켰다. 한 친구가 무뚝뚝하게 "무등산"이라고 답하자 또 다른 친구는 "야, 그런 모텔도 있어?"라고 말했다. 한참 시시덕거렸지만 이내 씁쓸해졌다. 애꿎은 나이에 서운한 마음이 들 때가 있다. 내 먹먹함을 알아차린 건지, 한참을 'ㅋㅋㅋ'로 답하던 한 친구가 말했다. "모텔도 좋지만 이제 막 좋아하게 된 사람과 함께라면 나는 어떤 공원에 갈래. 나만의 장소니까 어딘지는 비밀이야. 밤이 되면 사람도 없고 차도 없어. 가끔 고양이들이 지나다니는 정도? 거기서 이야기 나누면 진짜 좋다." 내 입가가 부드럽게 올라가는 걸 채팅창 너머의 친구들은 보지 못했겠지. 모텔을 외치던 친구들도 하나씩 감춰둔 장소를 털어놓기 시작했다.

그래서 내가 알려주고 싶은 장소는

'내겐 어떤 장소가 있을까.' 생각하다 보니, 머릿속 어딘가를 배회하던 기억이 멈춰 섰다. 덥지도 춥지도 않은 날씨, 아니 사실 그런 세세한 것은 기억나질 않는다. 지구 끝까지 걸어갈 것처럼 만나기만 하면 산책을 하던 시절이었다. 그날도 하염없이 걷다가 처음 보는 간판을 발견했다. '자하미술관'이라는 초록색 표지판.

걸을 수 있는 길이면 어디든 좋았기에 그곳을 향해 방향을 틀었다. 심한 경사길이라 숨이 제대로 쉬어지지 않았지만 그런 것은 문제 되지 않았다. 헐떡거리는 숨보다 걸을 때마다 스치는 손등으로 온 신경이 몰려가 있었으니까.

쉬고 걷기를 반복하다 더는 못 오르겠다 싶을 때 즈음, 자하미술관이 보였다. 숨을 고르며 뒤를 돌아보니 부암동 일대가 한눈에 들어왔는데 그때, 그가 그랬다. "높은 곳에 올라가면 심장 박동수가 평소보다 더 빨라지고 그 때문에 옆에 있는 사람을 더 매력적으로 생각하게 되는 경향이 있대. 그래서 건물의 꼭대기엔 스카이라운지가 있나 봐."

대부분의 것이 흐릿해질 때, 선명하게 떠오르는 시간

나중에 알게 되었는데, 자하미술관은 서울의 미술관 중 가장 높은 곳에 있다고 한다. 앞서 말한 추억을 시작으로 몇 번의 기억이 까마득한 자리에 덧입혀졌다. 산자락에 있는 작은 미술관. 어렵게 언덕을 올라 그곳에 들어서면 가슴이 뛰곤 했다.

자하미술관은 그때나 지금이나 변함없이 찾는 사람이 별로 없는 것 같지만, 사라지지 않는다. 좋아하는 사람과 함께하던 시간을 떠올리면 어디든 각별한 마음이 든다. 비싼 레스토랑에서 저녁 식사를 하던 기억도, 남산타워에서 자물쇠를 걸던 기억도 소중하다. 하지만 그때 먹은 스테이크의 맛은 도무지 기억나질 않고, 많은 사람이 걸어놓은 자물쇠 사이에서 내 자물쇠는 찾을

엄두도 안 난다. 그런 것들이 대부분 흐릿해질 때, 이런 곳에서 보낸 시간이 선명하게 떠오르곤 한다.

우리가 말한 장소들의 공통분모

내가 딴생각에 빠진 사이 채팅창에는 백여 개의 글이 올라와 있었다. 이 질문이 재미있어서 회사 채팅방에도 올리고, 또 다른 친구들의 채팅방에도 올려봤는데 다들 신이 났다. 그때 나온 대답들을 그대로 옮겨본다.

> 캠핑할 수 있는 야산, 도서관, 양화대교 밑, 선유도공원, 상수동 화력발전소 옆 길, 하늘공원 주차장 쪽 길, 건국대학교 안, 아무도 없는 사무실, 성당, 초등학교 운동장, 자작나무 숲, 대나무 숲, 낙산공원, 무등산(모텔 아님), 중랑천 벤치, 행성리의 원두막, 기차, 올림픽공원, 비행기 안, 버스 맨 뒷자리, 홍익대학교 운동장, 어느 주택 옥상, 제주에 있는 게스트하우스 마당, 부산 달맞이 공원, 담양의 버스 정류장, 아무도 없는 관람차…….

우리가 말한 이 장소들에는 말로 표현하기 어려운 공통분모가 존재할 것 같다. 그걸 찾아내고 싶진 않다. 굳이 어디에 있다고 알려줄 필요도 없는 것 같고. 누구에게나 기억 어딘가에 그런 장소 하나쯤은 있을 테니까. 잠시 그곳을 떠올려보는 것은 어떨까. 그 공간에서의 일들을 가까운 사람에게 수다스럽게 말해보는 것도 좋겠다. 분명 옆의 사람도 그런 장소 하나를 떠올리게 될 거고, 모두 조금은 들뜨지 않을까. 얌전히 머무르고 있는 기억을 굳이 끄집어낼 필요가 있을까, 싶기도 하다.
돌아오지도 못할 시간으로 현재의 대화를 나누는 게 의미가 있는지도 잘 모르겠고. 하지만 떨림 속에 이야기를 나누던 비밀스러운 공간이 기억 속에 존재한다는 것만으로도 위로가 될 때가 분명, 있을 것이다.

THANKS YOU KINDLY

편지

존 크랠릭 아저씨의 이야기

밥을 먹고 바로 낮잠을 잔 오후였다. 더부룩하게 소파에 누워 텔레비전 채널을 돌리다 〈지식채널e〉에서 멈췄다. 평소 좋아하던 프로그램이기도 했지만, '실패한 인생'이라는 타이틀도 한몫한 것 같다(기분 나쁜 잠에서 깬 날은 그런 울적한 단어가 마음을 흔들기도 한다). 절망에 빠진 남자가 감사편지를 써서 겪은 일을 보여주는 영상이었는데 보고나니 소화가 되는 듯했다. 영상에 나온 이름 '존 크랠릭'을 검색했고 그가 쓴 책을 샀다. 책에는 감사편지 이야기가 자세히 소개되어 있었다. 존 크랠릭은 파산 지경에 이른 가난한 변호사였다. 결혼생활은 파경을 맞았고, 자식과 사이도 좋지 않았다. 우울증과 외로움에 시달리던 존은 크리스마스에 아들에게 편지를 썼다.

> 봉투에 주소를 적으려는 순간 나는 아들 주소도 모른다는 사실을 깨달았다. 그 애가 로스앤젤레스 서부의 아파트에 살고 있다는 건 알고 있었지만 정확히 어디 사는지는 몰랐다. 나는 한 번도 그의 아파트에 가본 적이 없었다. 아파트가 어떻게 생겨먹은지도 몰랐다. 룸메이트도 한 명 있었는데 나는 그 애를 만난 적이 없다. 여자친구도 있는 것 같았는데 그 아이 역시 만난 적이 없다.
>
> /
>
> 존 크랠릭, 『감사의 습관』 중에서

상상해봤다. 퇴근하고 자취방에 들어가는데, 우체통에 편지가 꽂혀 있다면 어떤 기분일까. 더군다나 아빠에게서 온 편지라면! 감동하겠지. 그날 밤은 꿈속에서 어린 나와 젊은 아빠를 만날 수 있을지도 모르겠다. 존 크랠릭의 아들도 그랬는지 바로 아빠에게 감사하다고 답장했다. 아들의 반응에 힘을 얻은 존 크랠릭은 이리저리 편지를 쓰기 시작한다. 친구에게, 부하 직원에게, 아파트 배관공에게, 단골 미용사에게, 고양이를 입양해준 여자에게……. 편지는 하나씩 쌓여 365통에 이른다.

엠마 부인에게

브로디(고양이)를 맡아 돌봐주시고, 또 입양하도록
도와주셔서 감사드립니다. 그 녀석은 맘에 드는 고양이죠.
정말 장난기 많고 사랑스러우며, 애정이 넘쳐요. 우린 그
녀석에게 좋은 보금자리가 되어주고 싶어요. 그래서 당신이
그 녀석을 구하기 위해 쏟은 희생적 수고의 결실을 꼭 보여줄
겁니다. 감사를 표하며, 존

/

존 크랠릭, 『감사의 습관』 중에서

매일 아침, 한 사람을 떠올리며

감사편지 덕분에 존 크랠릭의 삶은 변했다. 망해가던 회사가 살아났고, 가족 관계도 좋아졌고, 돈을 받았고, 밀린 빚도 갚았다. 신기하긴 했지만 가진 회사가 없고, 가족과도 잘 지내고, 빌려주거나 빌려야 할 돈도 없는 내겐 그런 점은 그리 매력적이지 않았다. 다만, 그가 말한 한 문장이 내내 마음에 남았다.

나는 비로소 나만의 고통에서 벗어나 다른 사람들을 보게
되었다.

/

존 크랠릭, 『감사의 습관』 중에서

출근해서 자리에 앉으면 컴퓨터 전원을 켜는 대신 펜과 카드부터 꺼내 들었다. 그날그날 머릿속에 떠오르는 한 사람에게 편지를 썼다. 쓰다 보면 길어질 때도 있었지만 되도록 짧게 끊었다. 머릿속 생각을 몇 문장으로 줄이고, 그 말만을 옮겼다. 할 얘기가 생각 안 나면 어떡하지, 싶기도 했는데 고마운 누군가에게 할 말을 찾는 것은 어렵지 않았다.

> 이런 생각도 들었다. 만약 내가 당장 심장마비로 죽는다면 사람들은 궁금하게 여길 것이 틀림없다. '이 남자에게 도대체 무슨 일이 일어난 거지? 그는 무슨 이유에선지 마지막까지 수많은 감사편지를 써 왔어. 외로웠던 게 틀림없어.' 그 생각은 나를 피식 웃게 만들었다.
> /
> 존 크랠릭, 『감사의 습관』 중에서

나는 비로소 나만의 고통에서 벗어나

기대하며 집 앞 우체통을 열어보기도 했지만, 답장은 아직이다. 처음엔 서운한 마음이 들기도 했는데 며칠 전 사진 한 장을 보고 더는 답장을 기대하지 않기로 했다. 한 친구에게 감사편지를 보냈었다. 그녀는 오랜 시간 아팠다. 감사편지를 쓰기로 마음먹었을 때 가장 먼저 떠오른 사람이었지만, 편지 쓰기를 망설였다. 연락이 끊긴 지 오래되었는데, 괜히 편지를 보내

어색함만 더하는 것이 아닐까. 이런저런 고민을 해도 고마움이 떠나질 않아 일단 썼고 우체통에 넣어버렸다. 건강에 관해 묻고 싶었지만, 그런 건 적지 않았다. 그저 고마웠던 일에 대한 짧은 편지였다. 그렇게 몇 주가 지났고 친구의 블로그에 사진 한 장이 올라왔다. 그녀의 방으로 보이는 사진의 한쪽 구석엔 내가 보낸 카드가 붙어 있었다. 아주 작아 누구도 편지인지 모를 수 있지만, 나는 알아볼 수 있었다. 방 안에는 햇빛이 잘 들어왔다. 친구의 얼굴은 나오지 않았지만, 어쩐지 '나는 건강하게 잘 지내고 있어.'라는 목소리가 들리는 것 같았다.

답장에 대한 생각은 사라졌다. 수취인 불명으로 돌아오지 않는 이상, 편지는 누군가에게 전해졌겠지. 그건 적어도 상대의 기분을 망쳐놓진 않았으리라. 존 크랠릭의 책을 다시 꺼내 "나는 비로소 나만의 고통에서 벗어나 다른 사람들을 보게 되었다."는 문장을 소리 내 읽어봤다.

MY FRIEND'S GYEONGJU

5 8'91

내 친구의 경주

나 경주 가고 싶다

다른 나라에서 갈 곳을 잃은 적이 있다. 어떻게든 해결하려 애쓰다가 ㅎ을 만났다. 자신의 방으로 나를 데려간 그녀는 "먼저 따뜻한 물에 씻는 것 어때요?"라고 물었다. 그 후로 우리는 자연스레 함께 지내게 되었다. 그곳에서 내 이름은 '모모'였는데, 그녀는 늘 내 이름을 밝게 불렀다. "모모, 잠 안 온다면서 와인 마실래?", "모모, 생일이라 미역국이랑 소고기 좀 준비했지.", "모모, 산책하러 가자!" 그 목소리가 시무룩해질 때도 있었다. 그럴 땐 어김없이 이렇게 말했다. "모모 언니야, 나 경주 가고 싶다……."
우린 한국에 돌아와서도 같은 동네에 살았는데 그녀는 잊을 만하면 경주 얘기를 했다. 동생, 엄마, 아빠, 할머니, 할아버지까지 모두 경주 사람이라고 했다. 천문학 동아리 친구들과 별 사진을 찍으며 밤을 새운 얘기는 다섯 번쯤 들은 것 같다. ㅎ에게 경주에 놀러 가도 되느냐고 물었을 때, 그녀는 여느 때보다 밝게 웃었다.

우리는 아직도 엄마에게 물어볼 게 많지

서울에서 기차로 두 시간 남짓 달리니 '신경주역'에 도착했고
ㅎ의 부모님 차에 올라탔다. 경상도 사투리로만 나누는 대화를
이렇게 가까이에서 들은 적이 있었나. 난감해서 식은땀만
흘리다가 질문을 하기 시작했다. 창밖을 가리키며 "저게
뭐야?"라고 ㅎ에게 물으면, 그녀는 "엄마, 저게 뭐꼬?", "맞나?

저거는 뭐꼬?"라고 전달했다("맞나?"라는 말이 묻는 게 아니라 일종의 추임새라는 걸 한참 후에 알아차렸다). 서울에서는 경주 박사인 것처럼 굴더니, 경주에 오니 엄마에게 묻기만 하는 친구. 엄마에게 전화를 거는 내가 떠올랐다. "엄마, 전세 계약할 때 어떻게 해?", "엄마, 김치 위에 흰색 뭐가 생겼는데 버려야 해?", "엄마, 화분이 다 죽어가는데 이거 왜 이래?" 얼마 전, 휴대폰 사용법을 묻는 엄마를 보며 '이제 엄마에게는 알려줄 것밖에 없겠네.'라고 생각했는데, 안심했다. 우리는 아직도 엄마에게 물어볼 게 많다.

미세하게 다른 온도의 대화와 단 공기

관광지니 북적거림을 예상했는데 며칠간 소란스러운 모습을 본 적이 없다. 숙연해질 정도의 고요함. 경주는 수다스럽지 않게 이야기를 풀어가는 사람처럼 느껴졌다. 어딜 가든 이름 붙은 장소라면 설화가 있었다. 우리는 비슷한 듯 다른 이야기의 꼬리를 물어 수다를 떨었다. 한참을 떠들며 걷다 지쳐 버스를 탔고 ㅎ이 어린 시절 살았다던 황남동으로 향했다. 종일 걸어 지친 나를 데리고 그녀는 황남탕이라는 목욕탕으로 들어갔다. 생긴 지 수십 년도 더 된 낡은 곳에 들어서자, 목욕하던 할머니들이 우리를 쳐다봤다. 심심찮게 말도 걸어주었다. 뜨거운 물에 몸을 담그고 어둑해진 거리로 나오니 해가 저물었다. 목욕 후의 밤공기가 시원해서 어떤 말이라도 하려던 찰나, 그녀가 먼저 입을 열었다. "아, 공기 달다." 그 말이 마음에 든 나는 몇 번 그 말을 되새기다가 "이 여자 낭만적이네? 시 써도 되겠어?"라며 ㅎ의 어깨를 툭 쳤다. 오늘 우리가 나눈 대화는 홍대 어딘가에서 만나 밥을 먹으며 나누던 것과 달랐다. 같은 사람과 있어도 장소에 따라 대화의 온도는 미세하게 달라지는 듯하다.

파도 소리가 되찾아준 것

경주 지도를 보다가 놀랐다. 바다가 있었다. 경주는 동남쪽에 있었다. 동해와 남해를 동시에 끼고. 이런 얘길 하면 누군가는 바보냐고 비웃을 테지만, 정말 몰랐다. 바다에 가기로 했다. 구불구불한 길을 몇 번 돌고 산을 하나 넘어가니 바다가 나왔다. 별다른 이야기 없이 파도 소리를 들으며 걷다가 "아!" 하고 소리를 질렀다. 중학교 수학여행 때, 나는 이곳에 왔었다. 경주의 모든 장소를 귀찮아했는데 바다만은 즐거워했다. 친구들과

해변에서 사진도 찍었는데, 어떻게 그걸 잊었을까. 그때 쓴 일회용 카메라는 누구 거였지. 사진이 누구에게 있을지 기억을 더듬다가 관두기로 했다. 귀, 코 혹은 손끝으로도 기억을 건드릴 수가 있는데, 눈에 의지하다 보니 어떤 감각은 잊게 된다.

ㅎ은 고향에 친구를 데려온 일이 기뻤는지 연신 웃었다. 잠시 슬픈 표정을 한 적이 있는데, 그때 눈앞에는 첨성대가 있었다. 기울어진 첨성대를 보며 그녀는 이러다 정말 첨성대가 쓰러지면 어떡하느냐고 물었다. 난감해진 나는 화제를 바꾸기 위해 "경주가 좋아?"라고 되물었다. ㅎ은 또 어린 시절 얘기를 꺼냈다. 아빠가 다니던 회사가 경기도로 이전했는데, 아빠는 이사 대신 회사를 그만두셨다고 한다. "그때는 잘 몰랐는데, 커갈수록 다른

도시에선 찾을 수 없는 아름다움을 경주에서 발견해." 늦은 밤, 그녀의 부모님과 함께 차를 타고 경주를 둘러볼 때였다. 전등으로 불을 밝힌 고분을 보던 ㅎ이 말했다. "우리 어릴 땐,

저기 올라가서 자주 놀았는데, 그체? 겨울에는 썰매도 타꼬.
친척 오빠야가 경주에 왔으면 고분에 올라가서 맥주 한 캔 먹는
거라 카드라. 내도 어릴 때, 몇 번 올라간 기억있따! 그 변두리에
이름없는 고분들 있지 않나? 거 올라가고 그랬는데. 별도 봤는데!
이젠 안 되는 거제? 난 여태 그게 불법인지도 몰랐네."라고
덧붙였다.
영화 〈경주〉에도 그런 장면이 나온다. 유치원생이 다 같이 고분을
오르고, 어른도 그렇게 했다가 관리원에게 걸려 혼난다. 종일
친구에게 고향을 소개하느라 힘들었는지, ㅎ은 집에 오자마자
잠이 들었다. 여기저기 솟아있는 고분은 경주 사람에게 어떤
의미일까. 생각하다 보니 얼핏, 고분 위에 올라가 별 사진을 찍고
있는 어린 친구가 보이는 듯했다.

DREAM OF SUNBATHING IN MY BIRTHDAY SUIT

벌거벗은 일광욕을 꿈꾸다

태어날 때 선물 받은 옷, 알몸

아일랜드에 머물던 시절의 이야기다. 공원에 앉아 샌드위치를 먹는데 갑자기 친구가 옷을 벗기 시작했다. "날씨가 좋다."는 말을 반복하며 한 장씩 벗더니 그대로 잔디에 누워버렸다. 주변을 둘러봤지만 동네 공원임에 틀림없었다. "지금 뭐

하는 거야?"라고 놀라 물어보니 그녀는 웃으며 말했다. "Sunbathing(일광욕)." 날씨가 좋은 날에는 많은 사람이 옷 안에 수영복을 입고 나온다며(아직도 그게 수영복인지 속옷인지 확신이 서진 않지만), 'Birthday Suit'로 해를 맞이하는 게 가장 좋다는 말도 덧붙였다. Birthday Suit는 알몸을 '태어날 때 선물 받는 옷'이라는 의미로 풀이한 귀여운 단어다. 그때부터 벌거벗고 일광욕을 즐기는 내 모습을 여러 번 꿈꿨다. 누군가는 '그래서 이 사람이 알몸으로 어딘가에 누웠다는 얘기를 하려나.'를 예상할

수도 있겠지만, 아쉽게도 아직 엄두가 나질 않는다. 한강에서 비키니를 입고 누워있다고 상상하면, 휴……. 역시 무리다. 다만 '벌거벗은'을 제외한 '일광욕'을 즐기겠다는 다짐을 더는 미루고

싶지 않았다. 대리만족을 시켜줄 손톱만 한 인형을 앞세웠다. 건축모형으로 쓰이는 인형으로 수영복을 입고 있는 귀여운 친구들. 그들 뒤에 숨어 벌거벗은 일광욕을 꿈꿔보기로 했다.

해와 나, 둘만 존재하는 시간

일광욕을 사전에서 찾아보면 "치료나 건강을 위하여 온몸을 드러내고 햇볕을 쬠. 또는 그런 일"이라고 나온다. 의학적으로 쓰이는 일광욕에는 규칙이 있다. 바람이 없는 남향의 바깥에서

오전 열 시부터 오후 세 시경에 10~15분 정도를 하는 것이 가장 좋다. 유리는 자외선을 흡수하므로 직사광선을 이용해야 한다. 자외선 차단제는 바르지 않거나 옅게 바르는 것을 권한다. 너무 오래 하면 피부에 무리가 갈 수 있으니 시간도 지켜야 한다.
제약이 많아지면 귀찮게 여기며 포기하는 습관이 있기에 딱 한 가지에만 초점을 맞추기로 했다. '틈이 날 때마다 제대로 해와 나 둘만의 시간을 가질 것.' 바쁜 하루 안에서 햇살이 보이면, 다른 일을 미뤄두고 잠시라도 해를 쬐기로 했다.

틈1. 버스 정류장

반년째 규칙적으로 출근하고 있는데 출근길은 날마다 더 피곤해지는 것 같다. 누적된 피로에 허우적거리던 어느 아침, 버스 정류장에 내리쬐는 햇빛을 발견했다. 환승을 위해 매일 서둘러 지나가던 자리였다. 지하철에서 내리자마자 옆 사람과 경주를 하듯 지상까지 빠르게 움직이느라 보지 못하던 자리에 빛이 들어오고 있었다니. 그걸 발견하는 순간, 잠시라도 이 분주함에서 떨어지고 싶다는 생각이 들었다. 시간을 지체하면 지각을 면할 수 없기에 잠시, 멈췄다. 사람들이 급하게 뛰고, 타고, 내리는 사이에 멀뚱히 앉아 이어폰을 꽂고 좋아하는 음악을 두 곡 정도 들었다. 고작해야 5분쯤이었을 거다.
아침 햇살이 이렇게 좋았나.

WISH

YOU

틈2. 시냇물과 공원

집 앞에는 안암천이라는 인공천이 흐른다. 청계천으로 이어지는 작은 물줄기는 처음엔 누군가의 욕심에 의해 만들어졌을지도 모른다. 하지만 그곳을 찾는 동물과 식물은 그런 것을 옳거나 그르다고 판단하지 않는 듯하다. 그저 시원한 물과 햇빛이 있다는 이유로 그곳으로 몰려든다. 작년에 이어 올봄에도

어김없이 오리들이 알을 낳았다. 손바닥보다 작은 오리들이 헤엄치고, 그 모습을 동네 사람들은 미소로 지켜보는 시간이 좋다. 주말에는 맥주나 와인 같은 것을 물병에 덜어 이 자리에서 홀짝이며 그 모습을 구경한다. 따뜻한 햇볕과 적당한 알코올로 온몸을 데운 후, 집으로 들어와 낮잠을 즐기면 완벽한 주말의 완성. 이 글을 쓰는 시간이 일요일 밤이라 괴롭지만

평일에는 아쉬운 대로 회사 주변의 공원을 찾는다.
내일은 출근하자마자 월드컵공원에서 함께 점심을 먹고
낮잠을 잘 동료를 찾아봐야지.

틈3. 한강 다리

한강을 가로지르는 다리는 현재 총 서른한 개. 종종 이 다리 중 하나를 걸어서 건넌다. 몇 년 전, 친구들과 술을 마시다 "한강을 걸어서 건널 수 있나?"는 질문에서 시작된 일종의 놀이다.

비 내리는 날, 처음 친구들과 한남대교를 두 다리로 건너던 기분은 굉장했다. 우산은 뒤집혀 날아가 버렸지만, 우린 웃기만 했다. 만약 행복을 눈으로 볼 수 있다면 그런 순간이 아닐까.
그 후로도 종종 한강 다리를 찾는다. 오늘은 회사에서 가까운

성산대교에 가봤다. 한강 위로 햇빛이 만들어놓은 물비늘을 보고 있으면 해가 곁에 있다는 게 느껴진다. 그렇게 강 아래를 바라보다 마음이 내키면 소리를 지른다. 이번에는 부르고 싶은 이름을 부르려 했는데, 잘 되지 않았기에 욕을 해버렸다. 차들이 지나가는 소리가 시끄러워서 나도 내 목소리가 잘 들리지 않았다.

틈4. 창가

최근 사무실 자리를 창가로 옮겼다. 창가에 빛이 들어오는 시간에는 그곳에 놓인 화분들처럼 넋을 놓고 빛을 쬐곤 한다. 사실 그 빛을 햇빛이라고 부르기에는 민망한 감이 있다. 사무실을 이사한 지 얼마 안 되었을 때, "와, 햇빛 들어와요!"라고 호들갑을 떨었는데, 그게 옆 빌딩 유리에 반사된 것임을 알고 웃던 기억이 난다. 요즘 하도 일광욕을 얘기하고 다녔더니 주변 사람들은 "팔자 좋은 소리 하고 있네. 햇볕 쬘 시간이 어디 있니. 해 좋을 시간엔 늘 사무실인데."라고 말하곤 했다. 사실 일광욕이라는 건, 행동보다 마음에 가깝지 않을까. 평생 벌거벗은 일광욕 같은 건 하지 못하리란 걸 알지만, 그런 내 모습을 상상하는 것만으로도 웃음이 나오는 꿈 같은 것. 날이 이렇게 환한데, 그 시간을 콘크리트 안에서만 보내는 건 아무래도 아쉬운 일이니까. 어떻게든 시간의 틈을 벌려보려 애를 쓴다.

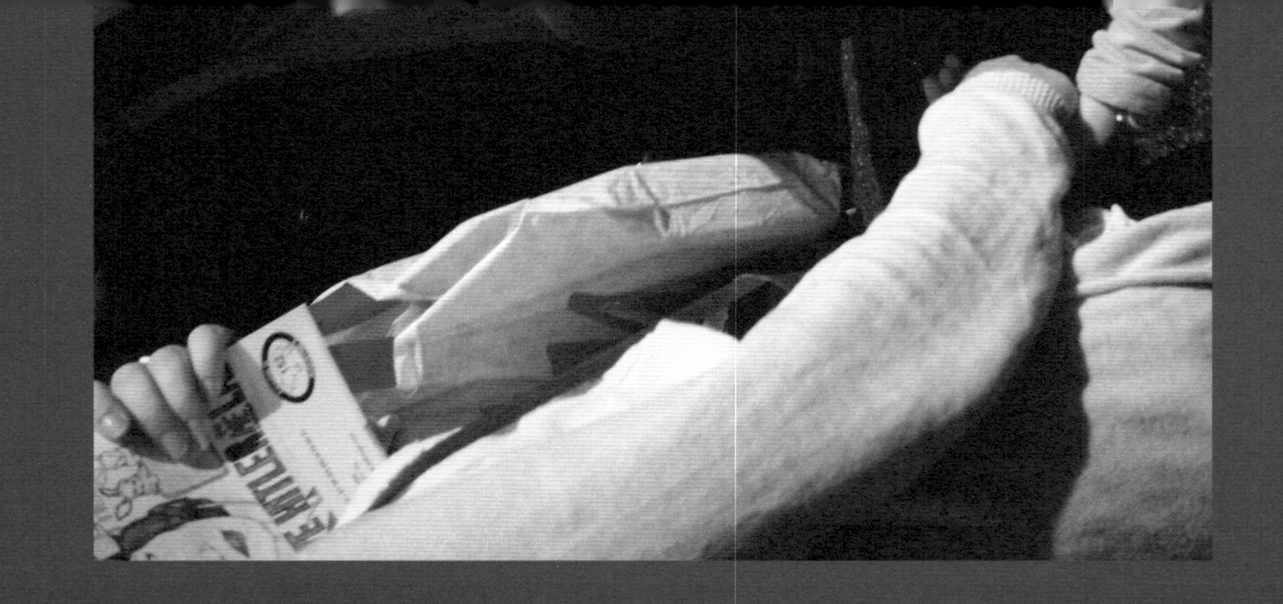

THE BIG BIG SECRET

왕 거대한 비밀

아이의 울음을 그치게 하는 방법

꼬마는 다섯 살, 이름은 일로나였다. 아일랜드에 있는 커다란 저택이 일로나와 그녀의 부모가 사는 집이었고, 작은 방을 얻는 대가로 나는 아이를 돌보고 집안일을 했다. 아이를 키워본 적이 없었기에 엄마가 없어지면 울기만 하는 아이를 어떻게 해야 할지 몰랐다. 웃긴 표정도 지어보고, 동화책도 읽어주고, 화도 내봤는데 아무것도 통하지 않았다. 지칠 줄 모르고 아이가 울던 어느 날, 한국에서 들고 온 우쿨렐레가 생각났다. 바닷가에 앉아서 그걸 연주하는 내 모습을 상상하며 들고 온 짐 덩어리. 그걸 꺼내 연주하기 시작했다. 신기한 소리에 일로나는 울음을 그치고 악기와 나를 번갈아 바라보았다.

연주가 끝나자 그녀는 작은 목소리로 "다시"라고 말했다. 내가 연주할 수 있는 곡은 몇 안 되었다. '곰 세 마리', '작은 별', '학교종' 같은 곡들. 동요여서 그런지 아이는 곧잘 멜로디를 흥얼거렸고, 울음소리를 듣지 않아도 된다는 기쁨에 계속 연주했다. 손가락에 물집이 잡히는 것도 몰랐다. 아이는 그러다 금세 잠이 들었다. 한숨을 크게 쉬며 내 방으로 돌아갔다. 그 후로도 아이가 울 때, 가장 좋은 해결책은 우쿨렐레였다. 둘이 침대에 앉아 노래를 부르는 시간은 점점 편해졌고, 아이를 위해 우쿨렐레를 연습하는 시간도 늘어났다. 아이가 가장 좋아하게 된 곡은 'Fly Me to the Moon'이다. 가끔 일로나가 그 노래를 흥얼거리면 아이 엄마는 "어디서 저 노래를 배워왔는지 계속 부르네."라며 고개를 갸웃거렸다.

미운 다섯 살이 주는 행복

아이와 밖에서 놀 땐, 집 앞 바닷가에 갔다. 술래잡기나 숨바꼭질을 했고, 아이스크림을 사 먹고, 춤을 췄다. 백조에게 빵을 주거나 소꿉놀이도 했다. 아이는 창의적인 놀이를 끊임없이 개발했는데 쓰다 보면 한없다. 매번 기쁜 마음으로 놀았다면 좋았겠지만 귀찮은 날도 더러 있었다. 사탕을 먹겠다거나 놀이기구를 타겠다고 조를 때는 미칠 지경이었다. 길바닥에 주저앉아 떼를 쓰기 시작하면, 나도 앉아 울고 싶었다. 아이는 지치는 법이 없었다. 나도 어린 시절에 저런 아이였다고 생각하면 아득해졌다. 그런데도 애틋하게 기억나는 순간이 몇 있다. 바다 앞에서 물수제비를 뜨던 일로나가 물었다. "모모, 너희 집은 어디야? 왜 집에 안 가고 우리 집에 있어?" 바다 끝을 가리키며 답했다. "우리 집은 저기 끝에 있어. 멀어서 못 가. 우리 집에

가면 나도 엄마, 아빠가 있지." 아이는 눈을 크게 뜨며 뛰기 시작했다. "나도 너희 집에 갈래! 초대해줘." 당장은 안 되지만 언젠가 꼭 초대하겠다고 했고, 아이는 자주 우리 집 얘기를 물었다. 몇 층이냐, 개도 있냐, 엄마는 어떤 사람이냐. 별의별 것을 다 물었고 가끔 아이가 보지 못할 때, 울었다. 나도 엄마, 아빠가 보고 싶을 때가 있었으니까.

일로나와 나는 눈치채지 못할 정도로 조금씩 가까워졌다. 또래 우정과는 전혀 다른 모양새였다. 아이의 표현을 빌리자면 우리는 종종 '거대한 비밀'을 공유했다. 만화 영화를 본 것, 젤리를 사준 것, 양치질하지 않은 것. 아이는 "엄마에겐 거대한 비밀!"이란 말을 꼭 붙였고, 우리 사이에 비밀이 늘어갈수록 엄마 뒤에서 윙크하는 횟수도 잦아졌다. 그러던 어느 날, 여느 때와 다름없이 목욕을 시키고 아이를 재우려는데 그녀가 한 가지 '왕 거대한 비밀'을 말해줄 테니, 눈을 감으라고 했다. 또

어떤 비밀을 폭로하려고 하나, 생각하며 눈을 감았다. 손가락 하나를 내밀어보라고 했다. 작은 다섯 손가락으로 내 두 번째 손가락을 감쌌다. "모모, 나는 네가 정말 좋아. 엄마보다 좋을 때도 있는데 그건 엄마에겐 비밀이었으면 좋겠어. 에이미(절친한 유치원 친구)보다도 좋을 때가 있는데 그것도 물론 에이미에겐 비밀이야." 어쩐지 수줍은 기분이 되었다. 아이는 말을 뱉고는 기절하듯 잠들었고 머리카락을 쓰다듬으며 자는 모습을 평소보다 오래 바라보았다.

우리가 다시 만날 일은 없겠지만

아일랜드를 떠나기 얼마 전, 아이 엄마가 내 방문을 두드렸다. 누런 봉투를 건네며 일로나가 유치원에서 컵케이크를 만들었는데 내게 꼭 전해주라고 했단다. 봉투를 열어보려는데 엄마가 웃으며 말했다. "케이크 위 아몬드는 집에 오는 길에 못 참고 빼먹었으니 미안하다고 전해 달래." 컵케이크 두 개가 들어있었고 아몬드가 박혀있던 자리에는 귀여운 구멍이 나 있었다.
떠나는 날이 다가올수록 아이에게 어떤 얘길 해줘야 할지 고민이었다. 처음 만나던 날처럼 울면 어쩌나, 앞선 걱정도 들었다. 아이에게 "나는 내일 네가 집에 돌아오면 없을 거야. 우리 집에 가거든."이라고 말하며 눈치를 봤더니 아이는 웃었다. "드디어 엄마, 아빠를 보는구나. 좋겠다! 나 그럼 이제 너희 집에 놀러 가도 되는 거지? 기대된다!" 어떻게 답해줘야 할지 고민하다 "물론."이라고 했다. 그 후로 아이가 나를 찾았을지는 잘 모르겠다. 엄마에게 우리 집에 놀러 가자고 몇 번 졸랐을 것 같긴 하지만, 내가 다섯 살 때 일을 거의 기억하지 못하듯 그 친구도 금세 잊었을지도 모른다. 별다른 일이 있지 않은 이상, 그 아이를 다시 만날 기회는 없을 것 같다. 세상엔 그런 관계도 있는 거겠지. 둘밖에 없는 것처럼 한때를 보냈지만, 결코 다시 볼 수는 없는 사이. 가끔 보고 싶은 마음이 들기도 하지만, 꼭 보지 않아도 괜찮을 것 같다.

MY FIRST TRAVEL

처음, 나의 여행

누군가 첫 여행을 기억하느냐고 물었다. 처음은 하나여야 하는데 '첫 여행'을 떠올리자 여러 모양이 떠올랐다. 그러다 문득 한 여행이 떠올랐다.
새내기인 나는 기말고사를 앞두고 긴장하고 있었다. 며칠 밤을 새워 상태가 좋지 않았다. 그때 친구가 '나 얼마 후에 뉴욕에 가려고.'라는 메시지를 보냈다. 잠시 휴대폰을 붙잡고 있다가 '나도!'라고 답했다. 잠을 못 자서 판단력이 흐렸던 것 같은데,

그런 것은 시간이 흐른 후엔 더 선명한 기억으로 남기도 한다. 문자를 보내고 2주 후, 나와 친구는 공항에 있었다. 낮에는 대학 도서관, 밤에는 카페에서 일하며 모아둔 돈으로 티켓을 샀다. 아까워서 잠시 주저했었는데 공항에 도착해 떨리는 것을 보니 그 돈을 주고 살 만한 설렘이었다. 여행 경험이 많은 친구에게 내가

가장 먼저 물은 것은 “기내식, 먹어볼 수 있겠지?”였다. “아마, 두 번은 먹을걸?”이라는 답을 듣고 가슴이 두근거리기 시작했다. 비행기에 탑승하자 친구는 능숙한 솜씨로 승무원에게 안대, 담요, 수면 양말을 부탁했다. 비닐에 곱게 쌓인 것이 친구에게 건네지는 걸 물끄러미 바라보다가 “저도 주세요…….”라고 소심하게 말했다. 친구는 밥이 와도 깨우지 말라며 잠에 빠졌고,

나는 혼자 열네 시간짜리 여행에 빠져들었다. 담요를 꺼내 무릎에 얹어놓고 책을 꺼냈다. 흥분되어 책이 읽히지 않았다. ‘촌스럽게 처음 비행기 타는 티 내지 말자!’라고 호기롭게 다짐했지만, 지금 생각하면 티가 나도 여러 번 났을 거다. 몇 번씩 두리번거리며 화장실을 오갔고, 의자에 달린 리모컨을 누르며 나도 모르게 “와.” 하는 소리를 냈다. 기내식 사진을 찍는다고 플래시를 여러

번 터뜨리기도 했다. 열네 시간을 지루한 줄 모르고 보냈다. 수첩을 꺼내 항공권값을 시급으로 나눠보며 '그렇게 일해서 여기에 있구나.' 하는 생각을 하기도 했고, 그 감상을 일기장에 끄적거렸다. 뉴욕을 배경으로 한 우디 앨런 영화 두 편을 보며 여행을 기다렸다.

원고를 쓰기 위해 여행 사진을 꺼내놓고 이런저런 추억을 떠올렸지만, 아무래도 첫 여행의 가장 소중한 기억은 비행기다. 뉴욕 거리를 걷고, 자유의 여신상을 구경하고, 높은 빌딩에서 야경을 볼 때도 종종 한국으로 돌아갈 일을 생각했다. '돌아가는 비행기에선 뭘 할까?' 오늘 당장 가보지 않은 도시로 떠난대도 뉴욕을 처음 여행할 때와 크게 다르지 않을 것 같다. 처음 찾는 도시는 새로울 수밖에. 하지만 뉴욕을 오가던 비행기에서의 느낌은 아무래도 되돌릴 수가 없다. 이번 생애 비행기를 처음 타던 설렘을 다시 느끼기는 어렵지 않을까.

NOW HERE IS WHERE I GET LAZY

일벌레의 최후

주위 사람들은 나를 일벌레라 부르곤 한다. 벌레라는 말을 듣는 것은 언짢지만, 일을 좋아하는 사람임을 인정할 수밖에 없다. 밥 먹을 때도 일 얘기를 하곤 했고, 주말에 집이나 카페에서 일하는 것은 업무란 생각도 하지 않았다. 야근하거나 밤을 새워도 힘들 것이 없었다. 영원히 그렇게 일할 수 있을 줄 알았다. 그러던 몇 주 전, 뒷자리 선배가 "아, 진짜 한숨 좀 그만 쉬어!"라고 말했다. 한숨을 쉬고 있었다는 걸 몰랐기에 놀랐다. 그날을 시작으로 내 한숨에 집중하게 되었다.
사무실에 앉아있을 때, 퇴근하는 길, 심지어 더위에 잠에서 깬 새벽에도 나는 그 기운 빠지는 행동을 계속하고 있었다. 한숨이 수차례 나왔고, 넘치던 아이디어도 고갈되었으며, 워드 파일을 열고 자리에 앉으면 한 문장도 쓰기 어려웠다. 상상하고 사고하는 능력이 완전히 사라진 것처럼 아무것도 할 수 없었다.

말달리자

그런 상태로 여름 휴가가 다가왔다. 속초에 갔고 종일 잤다. 자도 자도 졸렸고, 종일 자다 저녁나절에나 일어나 어슬렁어슬렁 산책하는 게 하루 일과의 전부였다. 모처럼 의욕이 생긴 날, 바닷가에 나가 술을 마시는데 어디선가 "히이잉" 하는 소리가 들렸다. 빠르게 달리는 말이 보였고 뒤에 달린 마차에선 조명과 함께 트로트 음악이 흘러나왔다. '저런 속도로 달려도 괜찮을까?' 그렇게 다섯 바퀴쯤 말이 쉬지 않고 내 눈앞을 지나는 걸 보았을

때, 더는 볼 수 없어 자리에서 일어났다. 가까이 다가가자 채찍질하던 남자가 말했다. "만져도 돼요. 타시면 더 좋고요." 술김에 화내듯 얘기해버렸다. "쉬엄쉬엄하자고요. 물 마실 시간도 좀 주고!" 남자가 뭐라고 답했는지는 기억나지 않는다.

그냥 일이 많은 것뿐이다

그렇게 푹 쉬다 휴가는 끝났지만, 아쉬움이 남았다. 제대로 못 놀아서가 아니라 휴가 동안 처리하려 했던 일을 끝내지 못했기 때문이다. 바다를 보며 일을 하면 잘될 줄 알았지만, 착각이었다.

결국, 포기하고 그 후로 잠만 자버린 나의 휴가. 완성되지 못한 원고에 대한 불안을 안고 출근했고 출근하자마자 긴 회의를 했다. 앞으로 할 일이 산더미처럼 쌓여있다는 걸 공지 받았지만, 마음이 무거워지진 않았다. 마치 첫 출근을 하던 날처럼. '설마, 휴가 때문일까?' 일 따윈 스트레스가 아니라고 여겼는데 눈에 보이게 한숨이 줄었다. 인정할 수밖에 없었다. 무리하고 있었다. 그게 좋아하는 일이든 싫어하는 일이든, 어쨌든 일로 자신을 혹사하고 있던 것이다. '휴식'이란 단어를 조금 알 것 같은데 막상 내 일정엔 쉴 수 있는 시간이 거의 없다. 종일 일하다 보면 금세 퇴근할 시간이고, 야근으로도 끝나지 않아 침대 위에서 일을 이어가기 일쑤다. "누가 야근하랬나? 업무 시간에 끝내고 가면 되는 거지." 제시간에 퇴근하지 못하는 것이 개인의 역량 부족이라 말할 사람도 있겠다. 하지만 직장인 대부분이 그렇게 무능력한 사람일까? 사실 다 알고 있다. 우리에겐 그냥, 일이 많은 것뿐이다. 밤늦도록 불이 켜진 빌딩 속에 들어찬 사람들이 바보가 아니라, 그러다 결국 바보가 되는 것일지도 모른다.

게으름과 상상

프랑스에서 야근하던 한국인의 일화가 있다. 아무도 야근하지 않는 사무실에서 그는 혼자 야근을 했다. 이를 본 팀장은 꾸짖었고 그는 "내가 열심히 일하고 싶어서 야근한 것이고 이걸 통해 회사의 성과도 좋아질 것 아니냐."라고 따져 물었다.

그랬더니 팀장은 화를 내며 "당신을 의식한 누군가 야근을 하게 될 것이고, 그로 인해 그 사람은 맛있는 음식과 사랑이 가득한 저녁을 포기하게 될 거예요! 당신은 지금 우리가 오랜 세월 힘들게 만들어온 소중한 문화를 망쳐놓고 있는 거라고요. 알겠어요?"라고 말했다고 한다. 실제로 프랑스의 노동법은 신기한 것들이 많다. 1930년대부터 1년에 30일의 유급휴가를 정해뒀고, 연장근로를 금전보상 외에 보상휴식으로도 보장받을 수 있다고 하고……. 그 외에도 많지만, 읊다 보면 슬퍼질 것 같다. '게으르게' 살 것을 권하는 사회다. 게으름을 피울 수 있는, 그러니까 쉴 수 있는 사람이 무엇을 가질 수 있을지에 대해 고민하다 책에서 '상상력'이란 단어를 발견했다.

> 알겠지만, 상상력에는 시간 허비가 필요하다. 길고, 비효율적이며 즐거운 게으름, 꾸물거림, 어정거림
>
> /
>
> 브렌다 유랜드, 『참을 수 없는 글쓰기의 유혹』 중에서

한 사회의 구성원으로 살아가다 보니 상상력이 비단 창작자에게만 필요한 게 아니란 걸 느끼곤 한다. 시장에게도, 판사에게도, 의사에게도, 선생님에게도, 대통령에게도 결정적인 순간, 상상할 힘이 필요하다. 프랑스의 노동법을 만든 사람들도 당장 눈앞의 것만 바라보면 그런 법을 만드는 게 쉽지 않았을 것이다. 휴식 공간이나 휴가 제도를 잘 만든 회사도 마찬가지다. 일하는 사람들이 충분히 휴식할 수 있는 시공간을 애써 만드는

그들의 목적이 무엇일까? 왜 그래야만 하는 걸까? 개인의 행복을 보장하기 위해? 이 질문에 대한 답은 누군가의 무한한 상상에 맡기고 싶다.

일벌레는 쉽게 죽지 않는다

얼마 전, 새끼고양이가 새 식구로 들어와 야근을 줄이고 있다. 6시만 넘으면 녀석 얼굴이 아른거려 견딜 수 없다. 얼떨결에 빠른 퇴근이 이어지고 있는데, 저녁 시간이 이렇게 긴 줄 예전에는 몰랐다. 집에 가면 늦은 시간이라 씻고(가끔 씻지도 못하고) 잠들기 바빴는데, 요 며칠은 온전한 내 시간이 늘었다. 저녁을 만들어 먹고, 고양이와 놀고, 산책까지 하고 들어와 따뜻한 물에 오랫동안 씻고 침대에 눕는다. 세상에는 그르렁거리고 고양이를 안고 행복한 혼잣말을 하다 잠드는 밤도 있었다.
일찍 퇴근한 날은 쌓여있는 일을 끝내기 위해 평소보다 몇 시간 일찍 일어나 출근하고 있다. 일벌레는 별수 없는 일벌레다. 쉽게 죽지 않고, 우리 주변에 너무 많다. 자신의 게으름을 용서하기는 그리 쉽지 않다. 다만 나는 또 감당할 수 없이 타버리기 전에 게으르길 '노력'하려 한다. 아무리 괜찮은 의미여도 벌레는 싫다. 자, 이제 퇴근하자.

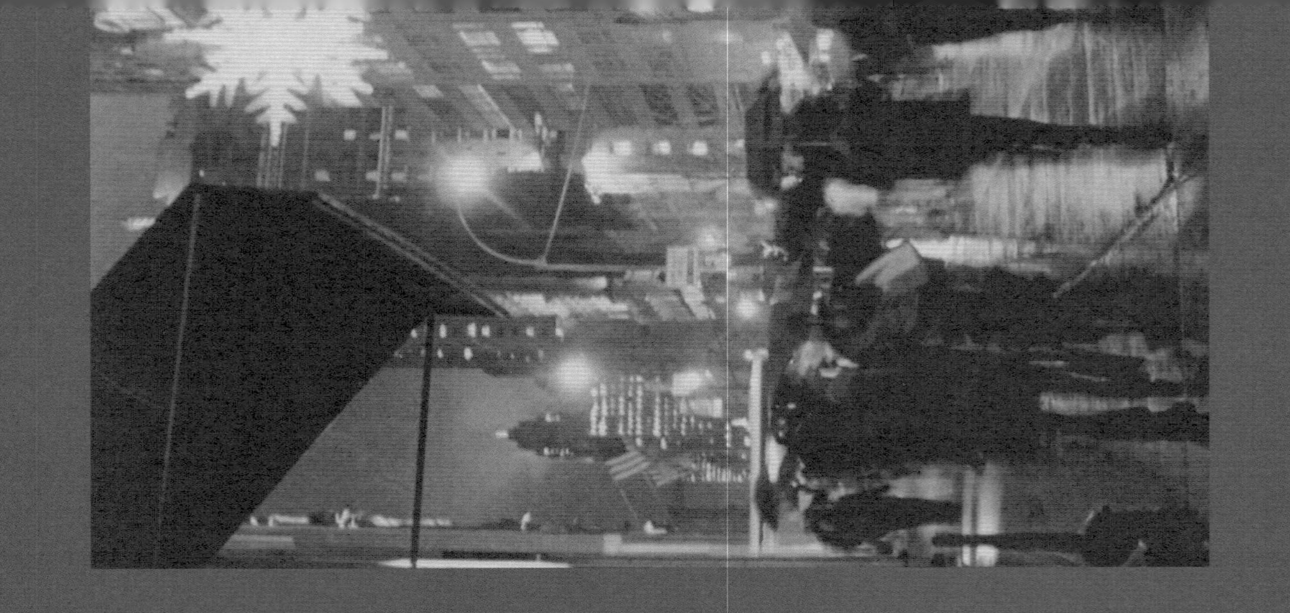

A LITTLE MORE SUGAR, PLEASE

SPEED
LIMIT
30
Cafe Lalo
ONE

돌아올 땐, 설탕을 부탁해

너저분한 추억 사이에서 자주 고개를 내민 그것

대학 새내기 시절, 뉴욕여행을 앞두고 앨범을 하나 샀다. 폴라로이드 사진이나 엽서를 담아 올 생각이었다. 한국으로 돌아오는 비행기에서 앨범을 열어보니 쓰레기봉투가 따로 없었다. '카푸치노' 발음을 점원이 알아듣지 못해 어렵게 사 마신 커피의 종이홀더, 길거리에서 먹은 핫도그의 포장지, 새벽부터 줄을 서 반값에 산 뮤지컬 표 같은 것이 담겨 있었다.

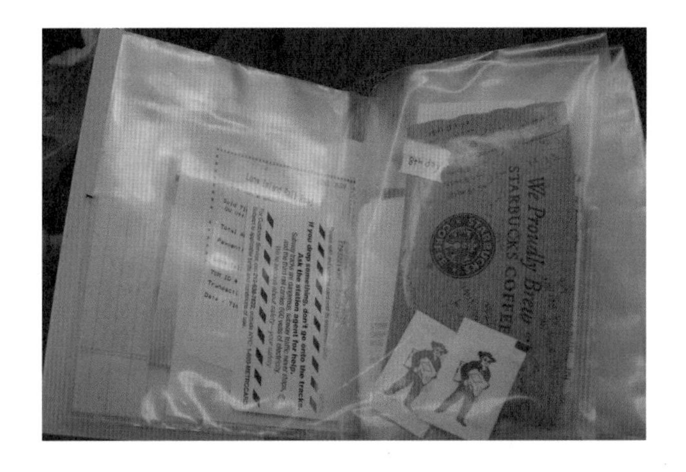

이런 너저분한 추억 사이에서 자주 고개를 내미는 것을 발견했다. 바로, 설탕. 설탕 봉지가 예뻐 하나씩 챙긴 것을 모으니 꽤 되었다. 비행기 안에선 '설탕이 많네.' 정도의 감상으로 그쳤는데, 그 후로도 여행을 떠나면 자꾸 설탕을 챙겼다. 그렇게 하나둘씩 모은 설탕으로 지금은 상자 하나를 가득 채울 수 있다.

보고 싶은 것을 모두 보며 살 필요는 없겠다

내 여행은 엉성하다. 숙소라도 예약하고 떠나면 '이번 여행은 야무진데?' 하며 뿌듯해하는 류의 여행자다. 어디서든 휴대폰을 꺼내면 똑똑해질 수 있기에 게으른 여행을 하게 되었다는 핑계를 대본다. 미리 준비하지 않아 가고 싶은 곳에 못 가도 낙담하지 않고 카페나 공원에서 시간을 보낸다. 천천히 걷고 어딘가에 앉아 낯선 것을 보는 정도로 만족하는 어설픈 여행자. 그런 내가 치밀한 작전을 짜고 떠났던 적이 있다. 〈카모메 식당〉이라는 영화에 반해 촬영지인 헬싱키를 찾았다. 영화 속 장소로 동선을 짰고 어느 때보다 비장하고 부지런했다. 영화의 흔적을 따라 걷는 일은 예상했던 것보다 즐겁지 않았다. 영화 속 모습과 눈앞의 헬싱키는 달랐고, 당연한 얘기지만 〈카모메 식당〉의 여주인도 없었다. '보고 싶은 것을 모두 보며 살 필요는 없겠다.'는 다짐을 하며 카페에 앉아있는데 처음 보는 설탕이 보였다. 그동안 봤던 어떤 설탕보다 매력적인 것. 아래위로 둥글게 여며진 배불뚝이 설탕을 테이블에 놓고 이리저리 굴리며 〈카모메 식당〉은 잊었다. 헬싱키를 떠올리면 빠르게 스쳐 지나가는 풍경 틈에 이 설탕이 선명하게 멈춰있다.

그것을 주머니에 넣고 미소 지었을 사람들

여행에서 돌아오기 전에는 선물을 고민하느라 시간을 보내곤 한다. 기념품 가게를 몇 바퀴씩 돌아도 친구, 애인, 가족, 동료의 선물을 사는 일은 매번 어려웠다. 마음에 들면 비싸고, 저렴하면 내키지 않았다. 그런 의미에서 나는 선물 주기에 괜찮은 친구, 애인, 가족, 동료인 것 같다. "뭐 사다 줄까?"라고 물으면, 망설이지 않고 "설탕!"이라고 말하면 되니까. 다들 가볍게 웃으며 "까짓것!" 하며 응해준다. 친구의 말에 따르면 이상한 승부욕이 생긴다고 한다. 한 개만 가져가도 될 것 같은데, 막상 구하다 보면 욕심이 생기기도 하고 설탕처럼 작은 것만 보면 집착하게 된다는 친구도 있다.

그래서일까. 언제부턴가 내 설탕 상자에는 티스푼, 코르크 마개, 잼이나 버터 같은 것이 설탕과 함께 있다. 가끔 설탕을 바닥에 쏟아놓고 퍼즐을 맞추듯 하나씩 줄 세우며 기억을 더듬는다. 가본 적 없는 나라 이름이 적혀있는 설탕들을 들여다보며, 그것을 주머니에 넣고 미소 지었을 사랑스러운 사람들을 떠올린다.

SUCRE

DO MORE OF WHAT MAKES YOU HAPPY

그저, 하고 싶은 대로 하는 일

그냥 한번 해보려고

동네에 친구가 있었다. 퇴근하다 "우리 집으로 와. 밥 먹자."라고 연락하는 사람. 걸어서 몇 걸음 떨어지지 않은 곳에 누군가 있어 좋았다. 괜찮은 저녁 시간을 보내왔다고 생각했는데 그녀가 뜬금없는 소리를 했다. "나 목공을 배우려고." 한동안 반복해서 들은 말이 생각났다. 연차가 쌓일수록 업무와 다르게 힘을 풀 수 있는 일을 찾아보고 싶다고 했었다. 동호회 사이트나 헬스장 전화번호를 뒤지며 '무엇'을 찾고 있다는 걸 알았지만, 목공이란 답은 의외였다. 왜 하필 목공이냐는 물음에 "그냥, 해보려고. 같이 할래?"라고 되묻는데, 할 말이 없었다. 회사 생활을 시작한 지 얼마 되지 않았기에 흥미롭지 않았다. 놀기만 해도 저녁은 빠르게 지나가는데, 그녀는 왜 뭔가를 하고 싶어 했을까.

나도 그냥 해보려고

그렇게 몇 달이 흘렀고, 친구 없이 보내는 저녁에 익숙해졌다. 그 틈에 친구는 톱질이 익숙해졌는지 테이블이나 의자를 만들었다. 그걸 보여주는 얼굴에는 이전엔 볼 수 없던 생기가 돌았다. 미간을 찌푸리며 '새로운 무엇'을 고민하는 것은 어느새 내 몫이 되었다. 귀찮을 법도 한데, 일이 끝나면 부리나케 공방으로 향하는 기분은 무엇이었을까? "그냥."이라고 말하며 시작할 일이 내게도 있을까? 고민하며 고개를 돌렸는데, 창문에 붙여둔 그림이 눈에 띄었다. 얼마 전에 산 레옹과 마틸다가 끌어안고 있는 그림. 그걸 보다가 문득, 그림을 그려보고 싶어졌다.

안간힘을 쓰면 연필심이 부러지니까

일러스트 취미반을 등록했다. 선생님은 '자기소개'를 하자고 했다. 이런 모임에선 자기소개를 빼놓을 수 없다. 내 소개가 쑥스럽기도 했지만, 다른 사람들의 비슷한 이야기를 듣는 일도 번거로웠다. 그런 생각으로 휴대폰을 만지작거리며 자기소개를 듣기 시작했다. 어느 아저씨는 새로운 도전을 해보고 싶다고 했다. 문학 선생님인 아주머니는 아이들을 더 잘 가르칠 방법을 고민하고 있었다. 디자인을 전공하는 학생, 출판사를 다니는 편집자, 몸이 아파 요양 중인 사람의 각기 다른 이야기가 이어졌다. 자기소개가 끝나고 교실을 다시 둘러보니, 부끄러웠다. 모두에겐 저마다 다양한 이유가 있었다. 같은 얼굴은 하나도 없었다. 굳이 비슷한 점이 있었다면, 사냥꾼에게 쫓기다 나무 뒤에 숨은 사슴 같은 표정을 하고 있었다는 것뿐.
좋아하는 사진이나 그림을 찾아와서 다양한 재료로 따라 그렸다. 간단하게 들리지만, 처음엔 쉽지 않았다. 내 도화지만 보면 되는데 자꾸 옆을 곁눈질했다. '저 사람은 얼마나 잘 그릴까', '내가 제일 못 그리는 것은 아니겠지?' 깨끗이 깎아온 연필을 부여잡고 '잘' 그리기 위해 안간힘을 썼는데, 얼마 가지 않아 연필심이 부러졌다. 놀라서 부러진 연필심만 멍하니 봤다.

잘하고 있는 게 맞는지 생각하던 찰나, 선생님이 멀리서 말했다. "너무 똑똑하게 하려고 하지 마세요. 괜찮아요." 부러진 연필을 필통에 넣고 덥석 붓을 들었다. 붓을 들고 마음 가는 대로 손을 움직였다.

숙제도 아니고, 업무도 아니고, 시험도 아니니까. 잘하지 않아도 괜찮아. 완성하지 않아도 되고, 이걸로 뭔가 이뤄내지 않아도 되잖아. 그저, 하고 싶은 대로 하자.

제법인데

낯선 재료들이 제법 익숙해졌다. '이 그림은 괜찮은데?'라는 생각이 들면 가방에 챙겨놨다가 다음 날 사무실에서 꺼내 들었다. "이거 요즘 제가 미술학원에서 그리는 건데……." 하면 동료들은 그림을 봐주었다. 간혹 "정말 선아 씨가 그린 거 맞아?"라고 물으면 흐뭇하기도 했다. 친구들과 여행을 하고 아쉬움이 남을 땐, 얼굴을 그려 보냈다. 하나쯤 잘해내지 않아도 괜찮은 일이 생겼다는 사실은 나를 들뜨게 했고, 틈틈이 그린 그림이 쌓여가자 자신에게 이런 말을 해줄 수 있었다. '제법인데?' 즐거웠다. 목적도 방향도 없는 즐거움. 두 달간의 수업은 금세 끝났다. 심화 과정으로 그림을 배울 수 있는 수업을 찾아볼까, 하다가 관뒀다. 수업은 끝났지만, 요즘도 종종 심심하면 펜을 꺼낸다. 최대한 팔목에 힘을 푼다. 그리고 싶은 것을 마구잡이로 그린다. 손에 힘이 들어갈 땐, 자신에게 다그치듯 말한다. "이것만큼은 잘하지 않아도 괜찮아."

> 누구나 그림을 그리고 글을 쓰며 노래를 부르고 지금보다 훨씬 풍요로운 삶을 살 수 있다는 걸 일깨워 주고 싶다. 그건 돈이나 시간과는 관계가 없다. 지금까지 뭘 하고 살았든, 주변에서 무슨 소리를 들었든, 지금 어디에 살고 있든 아무 상관이 없는 것이다.
> /
> 대니 그레고리, 『창작 면허 프로젝트』 중에서

WITH MOM

더 중요한 슬픔

엄마를 위한

아빠는 3년간 투병했다. 엄마는 그 옆을 떠난 적이 없고 나도 거기 있었다. 병원 냄새가 우리에게서 잊힐 무렵, 엄마는 여행을 떠나고 싶다고 했다. 이리저리 알아보다가 몽골을 선택했다. 순전히 내가 가보고 싶은 곳이었고 엄마는 따라줬다.

몽골에 막 도착했을 땐, 둘 다 좋았다. 공항에서 벗어나 버스를 타고 몇 분을 달렸을까. 초원이 펼쳐졌고 말, 염소, 양, 소 같은 동물들이 돌아다녔다. 창밖을 보며 감탄하기 바빴고 도착한 게르 캠프 안에서도 낭만적인 밤이라며 감상에 젖었다. 며칠 동안 비슷한 풍경을 마주했다. 끝없는 평지, 셀 수 없는 동물들, 잔잔한 강 같은 것들……. 엄마는 지쳐가는 듯했다.
그도 그럴 것이 우리가 머문 캠프에는 뜨거운 물이 나오질

않았고 차가운 물마저 졸졸 흘렀다. 텐트는 천장과 바닥이 뚫리다시피 되어 있고, 침대는 매트리스가 깔리지 않은 나무였다. 어떻게든 미안한 마음을 감추고 싶었다. "엄마, 이 정도로 지내는 것도 나쁘지 않은 것 같아. 우리 인생에 딱 일주일인걸?" 이런 소릴 하는 자신이 한심했다. 병원 침대에서 몇 년을 생활한 엄마에게 그보다 더 불편한 나무 침대라니. 나는 왜 휴양지의 좋은 호텔을 선택하지 않은 걸까. 어쩌자고 몽골을!

엄마가 찍은

여행 다닐 땐, 똑딱이 카메라 두 대를 갖고 간다. 하나는 필름카메라고 다른 것은 디지털카메라다. 여행을 다녀와 사진을 보여준 적은 있지만, 내가 어떻게 사진을 찍는지 엄마는 본 적이 없다. 여느 여행과 다름없이 천천히 걷다가, 바라보다가, 멍하게 있다가 사진을 찍었다. 그러다 옆을 보면 엄마는 그런 나를 보고 있었다. 영 낯선 것을 발견한 표정으로.
잠들기 전, 엄마는 디지털카메라로 찍은 사진을 보여달라고 했다. 말없이 사진을 보다가 "카메라를 하나 살까?"라고 말했다. 생각해보니, 작년 언젠가도 같은 얘기를 했던 것 같다. 좋은 생각이 났다. "엄마, 이번 여행 동안 디지털카메라를 빌려줄게. 여기에 엄마가 본 걸 담아. 돌아가면 몽골 여행으로 글을 하나 써야 하는데, 그때 엄마 사진을 실을게." 그 후, 엄마는 열심히 사진을 찍었다. "내가 찍은 것 좀 봐봐. 잡지에 실릴 만한 것 같아? 괜찮아?"라고 자꾸 묻기에 "걱정하지 마. 못 나와도 책임지고 엄마 사진은 꼭 실을게."라고 놀리듯 답했다. 말은 그렇게 했지만, 엄마가 잘 때 몰래 훔쳐본 카메라 속의 사진은 아름다웠다.

처음 사용했던 필름카메라가 엄마 장롱에서 나왔다는 사실이 떠올랐다. 고향 집에는 창고 가득 앨범이 있고, 그 안에는 아빠, 나, 여동생의 사진이 있다. 그건 모두, 엄마가 찍은 것이다.

엄마의 웃음

여행 중에 엄마 생일이 껴 있었다. 한국에서부터 뭘 하는 게 좋을까, 고민했지만 마땅히 할 수 있는 게 없었다. 몽골의 초원에서 빵집이나 레스토랑을 찾긴 어려울 테고, 케이크를 사 갈 수도 없는 노릇이었다. 고민 끝에 어린 시절 동생과 만들던 몽쉘 케이크를 떠올렸다. 엄마의 생일까지 여행 가방엔 초와 몽쉘이 숨어 있었다. 생일 아침상에 몽쉘 케이크를 내밀었다. 엄마는 활짝, 정말 활짝, 웃었다. 그때 알았다. 웃음에도 여러 종류가 있다는 걸. 그 웃음은 아주 오래전에 보고, 보지 못했던 것이다. 그날 밤, 각자 침낭에 누워 잠을 기다렸다. 피워놓은 난로 안에서 장작 타는 소리가 들렸고 엄마는 "참 따뜻하고 행복하다."라고 혼잣말처럼 중얼거렸다. 대답은 하지 않았지만, 침낭 속에서 말없이 웃었다. 누구도 그때 내 표정을 기억하지 못하는 게 아쉽다. 아마, 아주 오랜만에 지어보는 유의 미소였을 것이다.

엄마와 지금

몽골 여행 얘기를 더 하고 싶지만, 크게 할 얘기가 없다. 일주일간 매일 같은 생활을 했다. '아침을 먹는다. 낮잠을 잔다. 버스를 타고 다른 캠프로 이동한다. 캠프에 도착하면 몽골 텐트에 짐을 푼다. 점심을 먹는다. 엄마와 산책하거나 또 낮잠을 잔다. 가끔 말이나 낙타를 타거나 책을 본다. 저녁을 먹는다. 씻거나 못 씻는다. 장작을 피운다. 잔다.'
자연스레 생각이 많아졌다. 엄마와 있다 보니 아빠가 아프던 시간을 떠올릴 수밖에 없었다. 지난 일이라 아무렇지 않은

표정으로 말하려고 애쓰지만, 혼자 가만히 생각하면 뼈 안쪽이 저릿하다. 누구라도 원망하고 싶은데 그럴 수가 없는 일이라 내 마음 편하자고 고마운 점을 생각하곤 한다.
병원에서 보낸 시간 덕분에 나는 이별을 그릴 수 있게 되었다. 함께 산 지 1년이 된 고양이, 고향 집에서 나를 기다리는 부모님, 베란다에서 말없이 자리를 지키는 화분들…….
별다른 일이 없는 이상 그들이 떠나는 모습을 지켜봐야 하는 것은 내 쪽일 것이다. 이러한 일들은 운이 따르지 않는 이상 어느 날 갑자기 찾아온다. 그런 생각을 하다 보면 자연스레 지금에 가까워지곤 한다.

사람을 태우고 몇 번씩 사막을 오가다 다친 낙타를 봤다. 그걸 보고 슬퍼하는 내게 엄마가 말했다. “별나게 좀 굴지 마. 저번에 코끼리 탈 때도 그러더니 또 그러네, 누구에게나 다 주어진 삶이 있고, 네가 슬퍼해도 소용이 없어.” 정말 슬퍼졌다. 며칠 전에 눈물을 보인 엄마에게 비슷한 말을 했던 것이 생각났다.
나 아닌 누군가를 위해 슬퍼하는 마음은 쉽게 오지 않는 듯 하다. 슬퍼하는 이를 비난하기가 쉬워선 안 될 것이다. 반대로 슬퍼하는 이는 그렇지 않은 이에게 슬픔을 강요해선 안 되겠지.
하지만 나는 엄마가 울던 날도, 오늘도 그러지 못했다.
짜증을 낸 엄마에게 툴툴거렸다. “아니, 그게 아니라 사람들이 낙타 고삐를 너무 당겨서 코에 피가 흐르고 있었다고…….”라고 중얼거리며 결국 타기 싫던 낙타를 탔다. 엄마가 듣지 못하게 낙타 귀에 미안하다고 말했다. 그리곤 반대편에서 내 사진을 열심히 찍고 있는 엄마를 향해 최대한 환하게 웃어 보였다. 그 순간, 내겐 낙타를 향한 슬픔보다 더 중요한 슬픔이 있었다.

/

몽골에서 쓴 일기 중에서

에필로그

이 책은 2013년부터 2015년까지 〈어라운드〉 매거진에 실린 수필을 엮어 만들었습니다. 여기 실린 글들을 쓰던 때에 만난 모든 이에게 고마움을 전합니다. 한 사무실에서 함께 책을 만든 동료들, 그때 만든 책을 냄비 받침으로 쓰다가 가끔 열어보는 친구들, 무엇을 하든 늘 무심하게 같은 자리에 있어주는 가족들은 왜 돌아서기만 하면 또 보고 싶을까요. 앞으로도 함께 즐겁게 놀 수 있기를 욕심냅니다.
흩어져 있던 글들을 한데 엮자고 제안해준 김이경 편집장님, 최고의 선배 전진우와 아름다운 후배 이현아에게는 맛있는 저녁을 대접하고 싶습니다.